KB074028

재일에스닉잡지연구회 번역총서

오사카 재일 조선인 시지

진달래 3

지식과교양

일러두기

1. 시의 띄어쓰기 및 문장 부호는 원문대로 표기하는 것을 원칙으로 하였다.

2. 일본어를 한국어로 표기할 때는 기본적으로 문교부(현재 문화체육관광부)의 '외래어표기법'(문교부 고시 제85호-11호, 1986년 1월)을 따랐다.

3. 지명, 인명 등의 고유명사는 기본적으로 일본식 표기법과 한자에 따랐다. 단, 잡지나 단행본의 경우 이해하기 쉽도록 한국어로 번역하였으며 원제목을 병기하였다.

4. 한국어로 된 작품은 원문 그대로 표기하였다.

5. 판독이 불가능한 부분은 ●●●로 처리하였다.

6. 각호의 목차와 삽화는 한국어 번역과 함께 일본어 원문을 실었다(간혹 밑줄이나 낙서처럼 보이는 흔적은 모두 원문 자체의 것임을 밝혀둔다).

7. 원문의 방점은 굵은 글씨로 표기하였다.

8. 주는 각주로 처리하되, 필자 주와 역자 주를 구분해 표기하였다.

역자서문

그동안 재일조선인 시지詩誌 『진달래』는 존재는 알고 있었으나 그 실체를 일본에서도 전혀 알 수 없었던 잡지였다. 풍문으로만 들었던 『진달래』와 『가리온』을 드디어 번역본으로 한국에 소개하게 되었다. 2012년 12월 대부분이 일본 근현대문학 연구자인 우리들은 자신의 삶과 역사에서 동떨어진 기호화된 문학연구를 지양하고 한국인 연구자로 자주적이고 적극적인 관점에서 일본문학을 바라보고 싶다는 생각으로 「재일에스닉잡지연구회」를 발족했다.

연구회에서 처음 선택한 잡지는 53년 재일조선인들만으로는 가장 먼저 창간된 서클시지 『진달래』였다. 50년대 일본에서는 다양한 서클운동이 일어났고 그들이 발행한 서클시지에서는 당시의 시대정신을 읽을 수 있다. 오사카조선시인집단 기관지인 『진달래』는 일본공산당 산하의 조선인 공산당원을 지도하는 민족대책부의 행동강령에 따른 정치적 작용에서 출발한 시지이다. 50년대 일본에서 가장 엄혹한 시대를 보내야만 했던 재일조선인들이 58년 20호로 막을 내릴 때까지 아직은 다듬어지지 않은 자신들만의 언어로 정치적 전투시와 풀뿌리 미디어적 생활시 등 다양한 내용으로 조국과 재일조선인의 현실을 기록/증언하고 있다. 창간초기에는 정치적 입장에서 '반미' '반요시다' '반이승만' 이라는 프로파간다적 시가 많았으나 휴전협정이후 창작주체의 시점은 자연스럽게 '재일' 이라는 자신과 이웃으로 확장하게 된다. 정치적 작용에서 출발한 『진달래』는 내부와 외부의 갈등 및 논쟁으로 59년 20호로 해산을 하게 되는데 '재일' 이라는 특수한 환경과 문학적으로 자각한 그룹만이 동인지 『가리온』으로 이어지게 된다.

『진달래』는 15호 이후는 활자본으로 바뀌었지만 14호까지는 철필로 긁은 등사본의 조악한 수제 잡지였다. 연구회의 기본 텍스트는 2008년 간행된 후지ㅈ二출판의 영인본을 사용했는데 간혹 뭉겨진 글자와 도저히 해독조차 할 수 없는 난해하고 선명하지 못한 문장들은 우리를 엄청 힘들게도 만들곤 했다. 매달 한 사람이 한 호씩 꼼꼼히 번역하여 낭독하면 우리는 다시 그 번역본을 바탕으로 가장 적당한 한국어표현 찾기와 그 시대적 배경을 공부해 가면서 9명의 연구자들이 매주 토요일 3년이라는 시간을 『진달래』 『가리온』과 고군분투했다.

　한국에서의 번역본 출간을 앞두고 2015년 1월 이코마역에서 김시종 선생님을 직접 만나 뵈었다. 김시종 선생님은 분단이 고착된 한국 상황에서 이 책이 어떠한 도움이 되겠는가? 혹시 이 책의 번역으로 연구회가 곤혹스러운 일이 생기는 것은 아닐까 하는 염려와 우려에서 그동안 김시종이라는 시인과 조국과 일본 사회와의 불화의 역사를 짐작할 수 있었다. 사실 우리 연구회에서도 『진달래』와 『가리온』의 정치적 표현에 대한 걱정도 없지는 않았으나 그렇기 때문에 더욱더 50년대의 재일조선인 젊은이들의 조국과 일본에 대한 외침을 한국에 전해야 한다는 생각이 들었다.

　끝으로 이 번역본이 재일 일본문학과 한국의 국문학 연구자에게 조금이라도 도움이 되었으면 하는 소망을 담아본다.

2016년 2월
재일에스닉잡지연구회
회장 마경옥

『진달래』·『가리온』의 한국어판 출간을 기리며

　　1950년대에 오사카에서 발행되었던 재일조선인 시지詩誌『진달래』와 『가리온』이 한국어버전으로 출간된다고 한다. 전체를 통독하는 것만으로도 힘들 터인데, 잡지 전호를 번역하는 작업은 매우 지난한 작업이었을 것이다. 먼저 이처럼 힘든 작업을 완수해 낸 재일에스닉잡지연구회 선생님들의 노고를 치하하고 싶다. 나 또한 일본에서 『진달래』와 『가리온』복각판을 간행했을 때 참여했었는데, 이 잡지들이 지금 한국 독자에게 열린 텍스트가 되었다는 사실을 함께 기뻐하고 싶다.

　　『진달래』는 제주 4·3 사건의 여파로 일본으로 탈출할 수밖에 없었던 김시종이 오사카의 땅에서 좌파 재일조선인 운동에 투신했던 시절 조직한 시 창작 서클 '오사카조선시인집단'의 기관지이다. 『진달래』는 한국전쟁 말기에 창간되어 정치적으로 조선민주주의인민공화국을 지지하는 입장을 취했는데, 구성원으로 참여했던 재일 2세대 청년들이 시 창작을 통해 자기를 표현하는 매체로 급속히 발전한 결과, 전성기에는 800부나 발행되기에 이른다.

　　이처럼 『진달래』는 전쟁으로 불타버린 조국의 고통에 자극받은 재일 2세대 청년들이 미국의 헤게모니와 일본 사회의 차별과 억압이라는 동아시아적 현실에 대해 시로서 대치하면서 전개된 공간이었으나, 한국전쟁 휴전 이후 동아시아의 국제 공산주의 운동이 재편되는 과정에서, 일본어로 시를 창작하는 『진달래』는 민족적 주체성을 상실했다는 조선민주주의인민공화국의 격렬한 비판을 받으면서 중단된다. 그 결과로 『진달래』의 후속 동인지 성격의 『가리온』에서 창작에 대한 태도를 관철시켰던 김시종, 정인, 양석일 3인 이외의 구성원은 붓을 꺾게 되었고, 이들 세 사람조차 표현자로 다시 부활하기까지

기나긴 기다림이 필요했다.

　앞으로 『진달래』와 『가리온』을 대하게 될 한국의 독자들이 앞서 언급한 동아시아현대사란 문맥에서 이 텍스트들이 만들어졌고 또한 사라져갔다는 사실을 염두에 두면서 읽어 주기를 나는 기대한다. 다시 말해 정치적 과부하가 걸려 있던 이 텍스트를 과도한 정치성이라는 측면만이 아니라, 한국 전쟁에서 그 이후에 걸친 동아시아 현대사의 격동기를 일본에서 보내야 했던 재일 2세대 청년들의 시적 증언으로 읽어 주었으면 하는 것이다. 내가 『진달래』와 『가리온』을 일본에서 소개할 무렵 강하게 느꼈던 감정이 이런 독법의 필요성이었다는 사실을 한국어판 독자에게 전하는 것으로 서문을 대신하고자 한다.

오사카대학 대학원 문화연구과 교수

우노다 쇼야 宇野田 尚哉

14호

15호

ヂンダレ

大阪朝鮮詩人集団機関誌

第13号

権敬沢作品特集

13

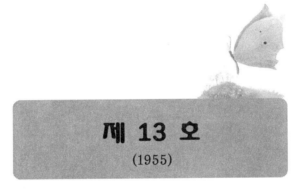

제 13 호

(1955)

[오사카 조선시인집단 기관지大阪朝鮮詩人集団機関誌]

권경택権敬沢 작품 특집

서문 오노 도자부로小野十三郎

디자인 김화광金和光

김시종金時鐘 시집   지평선地平線

　박해와 혼란의 지평에서 대중과 함께 굶주리고

　함께 살면서 치열하게 싸우는 자세를 흩트리지 않았던

　젊은 조선의 시인이 조국을 불러 민족의 혈조를 부르짖

　는 감동의 시집! 여기에 상재 되었다!!

　취급일절・예약 접수

발행소 진달래 발행소

10월 하순발간

46판 210페이지 150엔

권두언

-모국어를 사랑하는 것부터-

친구란 서로의 인격과 입장을 이해하고, 상호신뢰와 협력을 전제로 한 인간과 인간 사이의 친애관계 일 것이다. 그런데 한쪽만이 다른 한쪽을 추종하고 좋아한다면 아무튼 사이가 좋은 것은 틀림없겠지만, 이것은 친한 친구사이가 아니라 부모 자식 간의 관계이거나 사제관계, 혹은 그 외의 어떤 관계일 것이다. 이렇게 생각하면 우리들은 대단히 착각해 왔다는 것을 깨닫는다.

일본에 사는 우리 조선 젊은이는 어떤 사람은 태어날 때부터, 어떤 사람은 소년시절부터 일본에서 성장했기 때문에 일본 국민과 꽤 사이좋게 지냈지만, 사실은 우리 조국의 진실한 모습을 아직 모르고 있다. 때문에 정말로 넓은 계층의 일본국민과 사이가 좋은 것은 아니다. 우리들이 일본의 전통풍속을 알고 일본국민의 생활과 감정을 이해하고 친숙해진다고 해서 친선과 우호가 깊어지는 것은 아니다. 조국 조선민주주의 인민공화국이 미국침략군을 물리친 그 힘 역시 사회주의하에 많은 성과를 거두는 모습 등을 일본 국민에게 계속 이해시키지 않고서는 진정한 우호는 생기지 않는 것이다. 그러나 우리들도 진정으로 조국을 다 알지 못한다면 이야기 자체가 되지 않는다. "대중적인 착각"이란 것은 이것을 의미한다.

자, 허리띠를 다시 고쳐 메고 착각을 극복하자. 그러기 위해서 무엇보다도 중요한 무장은 모국어를 제대로 배우는 것이다. 모국어를 모르고서는 진정한 조국과 조선민족의 역사와 전통 그리고 동포를 사랑할 수가 없다.

목 차

국어작품
8.15찬가
- 앞길을 태양은 밝힌다 / 김탁촌金啄村
- 꿈에 본 동무 얼굴 / 남길웅南吉雄
- 노란 국화 / 이수일李守一
- 진달래 / 허영수
- 아침의 바다 / 조홍기
- 사회 희평 / 김시종金時鐘

투고
- 투쟁의 노래 / 아다치足立시인집단 공동제작 – 동지
  K의 출옥을 맞이하여
- 마늘 / 소천약김泉若

왕복서간
- 시의 존재방식에 관하여 / 아다치足立시인집단,
  정인鄭仁

합평노트
편집후기

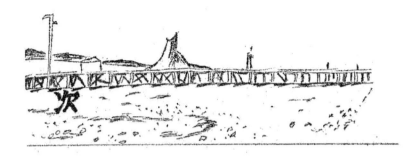

目次

[권경택 작품 특집]

겨울 가까이

가을태양은 파도에 부서져 탐조등처럼 눈부시다
겨울 가까운 바람은 귓불에 갈라진 휘파람을 불고
절벽에는 썩은 나뭇잎과
엄지손가락이 찢어진 장갑이 나타난다.
이곳은 아지가와구치安治川口 나루터
중유重油의 무지개도 흘러들고
희미한 바다냄새가 난다.
작은 돌을 던지자
파문위로 중유의 무지개는 주름 짓고
포말은 우울한 듯이 중얼거리고는 이내 사라진다.
바다에서의 바람은 쌀쌀하다
썰렁한 물결은 앞바다에서 밀려오고
물보라는 병사와 같이 흩어진다.
차가운 절벽은 딱딱한 등뼈에 이어져
피곤한 마음은 화약 냄새나는 조선의 거리를
겨울 가까이의 불쌍한 아이들을 생각 한다.
종일 물보라를 보며.

멀리서 개 짖는 소리가 들리는 한밤중에
－공사장에서 낙하한 철골에 아버지의 어깨가 부서졌다－

쿡쿡 쑤시는 살을 쥐어짜며 잠 못 드는 것은
겁쟁이지만 선량한 아버지의 신음소리
막힌 호흡을 할 때마다
상처가 짝 벌어지지나 않을까
잠들지 못하는 통증 속에서
친구가 찾아온 듯한
친구를 찾아가고 싶은 듯한
조용한 5월의 비가 함석지붕을 때린다
건널목 경종도 비에 젖고
어두운 창문으로 내가 본 것은

마지막 전차의 스파크

작업화

알고 있는가.
오사카역 앞
여기는, 예전에, 바다였다.

삽으로, 파고 파서,
10미터나 파면,
고대시대의 조개껍질이 52년 여름의 햇빛을 받는다.

공사완성.
우리들, 인부의 일은 끝나고,
동지들은 일을 찾아 동서로 흩어졌다.

와이어가 끊어지고
낙하하는 철골에
머리가 깨진 A여
잘 가거라.

순식간에 철골이 조립되어
시멘트 반죽을 처넣어
하늘높이 철골이 우뚝 솟는다.

작열하는 불 나사가
딱딱한 작은 철의 허파가 되어
붉은 녹투성이의 공사현장에 뒤범벅이 된다.

철을 두드리는 소리, 뜯는 소리가 심하게 울려서,
하늘에 있는 구름의 형태도 일그러진다.

빌딩의 첨탑에 한가로이 깃발이 휘날리고
형광등이 반짝이는 것도 순식간이다.

알고 있는가.
신축빌딩 바닥에
고대시대의 조개껍질 속에
나의 찢어진 작업화가 묻혀 있다.

연말풍경

로터리의 모래먼지 속에서
동포 부인이 나왔다
장바구니를 들고
느긋하게 천천히 걸어가지만
입술에 생기가 없다
옷을 잔뜩 껴입고 매우 추운 듯한 눈빛으로
무언가 진지하게 생각하고 있어서
인사를 건네는 나를 알아채지 못 한다
오른손을 구부리고
손바닥을 바라보며 엄지손가락을 접고 있다
보고 있자니
발걸음이 느려지며 중지도 접고
세 개의 손가락을 접지 않는 채로
어떻게 할지 고민에 빠진 듯
시장 구석에 멈춰서 있다.

바겐세일 깃발은 바람에 흔들리고
아이들은 광장에서 연을 날리고 있다
일본에서 산지 몇 년째 맞이하는 하늘인가
또 하나가 흔들리면서 휙휙 올라간다.

철 지난 무화과 열매

차마 버릴 수 없는 것을
흔들어 떨어뜨리듯
낙엽이 떨어지고 있다
멈춰 서서
낙엽이 떨어지는 것을 보고 있노라니
이슬비가 내렸다
마지막 잎새 하나까지
허무하게 떨어져 버리고
하늘은 갑자기 탁 트였다
부채처럼 펼쳐진 나목 가지가지에
점점이 이어진 것은
가을에 익지 않은 무화과 열매다
낙엽과 같은 색으로 칙칙하게 시들어 버렸다
비를 맞아도 하나도 떨어지지 않는다
주름투성이의 열매는
나목에 끈질기게 매달려 있다
초겨울의 공기는 쌀쌀하고
비는 진눈깨비로 바뀌고 있었다
그래도
철 지난 무화과 열매는
하나도 떨어지지 않는다

특별거주지

소년이 혼자
철책 앞에 서서
만개한 벚꽃을 올려다보고 있다.
가시철조망으로 뱅 둘러싼 철책 속에서
벚꽃 가지들이 드높게
살랑살랑 퍼지고
엷은 복숭아색의 꽃잎은
일본의 땅이 아닌 곳에서 지고 있다.
눈부시게 아름답게 뿌린 듯한 4월의 햇살을 받아서
꽃도 가지도 줄기도
모든 구석구석까지도
반짝반짝 생명감이 넘쳐
아름답게 만개 해있다
소년의 빛나는 눈동자에는
벚꽃의 그림자가 드리우고
거기에 서로 겹쳐서
가시철조망의 그림자가 진하게 드리워 있다.

권경택의 작품에 대하여

김시종

나의 순번이 돌아왔다. 조금 당황스럽다. 아마도 권 군 자신도 그럴 것이다. 나의 이 '낙서노트' 가 권 군의 작품을 이해하는 데 필요이상의 선입견을 독자에게 주어서는 안 된다. 이것은 어디까지나 나 한 개인의 의견이다. 연구라고 할 정도의 것도 물론 아니고, 다만 느끼고 있는 정도의 솔직한 '소감' 에 지나지 않는다. 이것을 잊지 말고 읽어 주길 바란다.

권 군은 무엇보다도 언어가 유창하다. 아니 유창해졌다. 이 '유창하다' 에서 '유창해 졌다' 의 과정이, 즉 권 군의 작품상에 나타난 변화라고 나는 보고 있다. 시를 쓰는데 말이 유창해졌다는 것은 매우 중요한 의의를 가지지만, 특히 권 군에 한해서는 마냥 기뻐할 수 없다.

최근에 갑자기 그의 창작에서 두드러진 하나의 태도(무엇인지는 뒤에 언급하겠지만)와 짐작해서 맞춰보면, '용어' 에 의지해 온 그의 일면이 전부 드러날 정도로 명확했다. 시인의 감성 속의 오래된 질서를 가장 잘 반영하는 것이 언어라면, 그가 '용어' 에 고심하면 할수록 이 오래된 질서 속에 들어가 있는 것을 그는 깨닫지 못하고 있다. 극단적으로 말해서 '무사상' 에 가까운 것이다. 그런데 권 군의 작품에는 상당한 매력이 있다. 특히 「연말풍경年末風景」 이후의 그의 작품은 고혹적이기까지 하다. 그렇다고 해서 '어디가 좋은 것인가' 라고 물으면 대부분의 사람은 대답할 수가 없다. 그냥 좋은 것이다. 막연하게 불만 없이 좋은 것이다. 그 정

도로 그의 작품에는 용의주도함이 있지만 나는 전혀 동조
할 수 없다. 그것은 어디까지나 인상적인 것에 지나지 않으
며, 영상적인 효과를 너무 노리고 있기 때문이다. 이것은
무의식중에 그의 비평정신이 상징주의와 연결되어 있다는
것을 의미한다. 하나의 사상事象을 작위적으로 영상화하려면
활기와 인상적인 용어의 구성을 필요로 할 수밖에 없을 것
이다.

　여기에 그가 확립한 하나의 스타일이 있다. 그에게는 내
용이 갖는 사상성보다 작품이 갖는 전체적 분위기가 더 중
요한 것이다. 좋은 작품인 것은 틀림없지만 그의 작품은 부
족함이 있다. 그럼 작품을 통해서 이러한 점을 해명해 보자.

해바라기ひまわり

장마가 걷힌 여름하늘이다
푸르게 울려 퍼지는 한여름이다
움직이지 않는 구름아래 해바라기가 불탄다.
언제나 시들지 않고 태양을 찾는 눈부신 꽃.
태양을 향해 꽃잎을 펼치고
거센 햇살을 축적하는 꽃.
해바라기는 해에 그슬려 진노랑의
꽃잎을 부여잡고 피어
그 그림자는 선열하게 검다.

(『진달래』 4호)

눈동자瞳

적이 포위했다.
너는 알몸으로 벗겨져
몸을 지킬 바늘 하나도 없다.
손발이 묶여
매여져
뼈는 삐걱거리고
등에서 양손이 악수한다.

너는 무거운 마음으로 올가미를 쥐어뜯으며
증오의 핵심에서 친구를 지켰다

나는 보았다.
너의 어깨품은 넓고
그 눈동자는 불타고 있다.
번쩍! 갈라진 열화烈火이다.

(『진달래』 3호)

   이것은 모두 재작년 여름까지의 권 군의 작품이다. 이것
과 10호 이후의 그의 작품을 비교해 보면 용어사용에 있어
서 현격한 차이가 있는 것을 알 것이다. 완벽에 가까울 정
도의 언어를 단련해 왔다. 그것에 비해서 그의 내적인 변화
는 어떨까?

유감스럽게도 그의 작품에서 두드러진 변화를 찾을 수가 없다. 오히려 동일선상에서 후퇴한 느낌마저 든다.
서문이기 때문에 한편 더 인용해 보자면,

여름의 해변에서 夏の海辺で

처음으로 그물 올리는 것을 보았다
모래사장에서 얼마 되지 않는 수확을 끌어올렸다.
북적거리는 어부의 수에도 미치지 못한다.
도미, 정어리, 게.
내리쬐는 여름의 태양에 비늘이 눈부시게 빛나는
마치 동화에서 나오는 황금물고기다
그 중에서도 고등어는
용수철 장치라도 한 듯이 뛰어 오르고
해변에 거친 항의를 하듯이 물보라가 치고
넓은 바다를 갈망하고 있다.

갈망하는 바다는 더럽혀져 있다
남쪽의 바다는 표면도 속도 더럽혀지고
방사능을 띤 해류에
죽은 고기떼가 둥둥 떠 있다.
남쪽하늘도 더럽혀지고
방사능을 띤 기류가 휘몰아치고
오랫동안 불안한 비를 뿌린다.

해류도 기류도
어두운 물결이 되어 불어와 부딪치고
일본열도를 획~휘게 한다.

나의 앞에 바다가 있다
이명이 들릴 정도로 조용한 바다.
소년시절 바닷가에 서면
어린 희망으로 가슴이 부풀었지만……
지금은 그렇지 않다
가슴 한가득 넘쳐흐르는 것은 분노이다.
놈들을 해파리처럼 바위에 내동댕이치고 싶다
나의 분노에 찬 눈은
타들어가서 한여름의 정오의 태양이 된다.

　이것을 봐도 알 수 있듯이 3편을 통해서 그가 가장 잘하
는 것은 진달래 4호의 「해바라기」와 같은 영상적인 파악법
이다. 그에게 절실한 현실성을 띤 테마는 부족하다.
　그런 작품에는 마구 날것의 용어가 튀어나온다. 으레
'눈'이나 '눈동자'는 이글거려야 하며 한여름의 정오의
태양과 같이 한 번 번쩍이고 쪼개는 듯한 열화를 내뿜지 않
으면 안 된다. 따라서 권 군의 '눈'은 언제라도 분노하고
힘을 줄 필요가 있다. 자신의 '눈'이 이글이글 거려서 태
양이 될 때까지 그 '눈'을 의식하고 있기 때문에 꽤 눈부

신 것이다.

이것이 3호의「눈동자」로부터 1년이 지나「여름의 해변에서」에 도달한 '눈'의 경로인데, 그가 '너무 무거운 마음으로 올가미를 계속 쥐어뜯는'데 비해, 독자는 그 정도로 "증오의 핵심"을 파악해주지 않는다. 여기에 그의 딜레마가 있었다. 내가 알고 있기로도 꽤 고민한 것으로 알고 있다. 그리고 그가 궁지에서 찾아낸 방법이 바로 '어휘' 이다. 그 요소는 이미 2년 전부터 있었던 것이다. 4호의「해바라기」를 고도로 갈고 닦아서 12호의「특별거주지」에 다다를 수가 있었을 것이다. 그리고 언뜻 보면 다른 양식으로 쓴 것처럼 보이는 이상의 작품 3편을 주의 깊게 다시 한 번 보면 공통된 하나의 것, 특히 하나의 영상을 인상 지우려는 노력을 찾아내는 것은 어렵지 않다.

그럼 왜, 용어가 좋아지는 것과 작품의 내용이 깊어지는 것과는 연결되지 않는 것일까?

여기에 문제가 있다. 나를 포함한 모두의 과제가 여기에 있는 듯하다. 작년에『열도列島』를 특집으로 한 '시어에 대해서' 중에서 쓰보이 시게지壺井繁治 씨의 다음과 같은 서술은 주의 할만하다.

"……우리들이 뛰어난 시를 짓기 위해서는 대중의 혼잡한 언어 속에 깊이 들어가 가장 현대적인 울림을 가진 언어를 포착해서 그것을 시적으로 가공하고 조합할 필요가 있다.

시에 있어서 언어의 시적인 조합은 단순히 잔재주의 문제가 아니라, 그것은 그 시인의 현실에 대한 태도와 자세에 의해서 규정된다. 단어와 단어의 조합인 시에 있어서 다양한 표현법은 **요컨대 현실과 현실과의 관계를 어떻게 파악하**

고 있는가에 달려 있다고 생각한다." (방점필자)(=김시종)

　나는 전적으로 이 설에 동감하는데, 권 군은 적어도 여기까지는 주의하지 않았던 것 같다. 자신의 세계 속에서만 시의 용어를 갈고 닦았었던 것은 아닌가? 이점은 그의 언어가 고도로 구사된 10호 이후의 작품이 증명하는 것 같다.

　「연말풍경」에서 연을 조선소년이 띄우고 있다는 증거는 하나도 없다. 그런데 그 연의 흔들림 정도조차도 우리들의 타향생활로 연결되었을 만큼 이 작품은 감각적이다. 다음 「철 지난 무화과 열매」에 이르면 더욱 그렇다. 매우 리얼하게 읊고 있는 듯하지만, 실제로는 약속된 것이 너무나도 없다. 떨어지지 않은 무화과 열매에 내일 따위는 없다. 그것은 매달려 있는 것이 아니라 무화과나무 습성으로 떨어지지 않은 채로 말라버렸다는 것을 놓치고 있다. 이것이 우리들 재일조선인의 모습이라면 오산이 너무 심하다. 혹시 그렇지 않고 자신의 내적인 것이라고 해도 이 현실성은 정산해야만 하는 뭔가를 내포하고 있다.

　그가 지금, 계속 확립하고 있는 하나의 태도를 완성할 수 있는 정점의 작품이 12호의 「특별거주지」이다. 아마도 이점을 극복하기 위해서는 그의 비평정신에 어느 정도 변동이 일어나지 않는 한 식상함을 면할 수 없을 것이다. 그 뿌리는 깊고, 진달래에 발표한 작품 전반에 흐르고 있기 때문이다. 가장 현저한 예는 4호의 「해바라기」이다. 그 구도는 그대로 12호에 다시 옮겨졌다고 해도 과언이 아니다. 「특별거주지」는 여러 가지 의미에서 흥미 깊은 작품이다. 명감독의 손에 의한 영화의 한 장면같이 감명 깊은 묘사법이다. 꽉 채워져서 구독점 하나 움직일 필요가 없을 정도이다. 그렇지만 이것은 어디까지나 하나의 장면에 그칠 뿐, 그 전후

를 알고 싶어질 정도로 이 작품이 성에 차지 않는다. 역시
뭔가가 결핍되어 있는 것이다. 그것은 무엇인가? 나는 이
작품이 갖는 현실성이라고 단정한다. 현실적인 면의 부각이
철저하지 않은 것이다. 가령 하나의 사상事象을 사상으로서
파악해서 그것을 보편적인 것으로 끌어올리는 노력이 기울
여져 있다면 이 작품의 구조는 근본부터 뒤바뀔 것이다. 왜
냐하면 그는 이러한 방법에서는 고집스럽다고 할 정도로 날
것의 용어가 가지는 힘이 집중되어 나오는 것을 누구보다도
그 자신이 잘 알고 있기 때문이다. 따라서 그는 이것외의
방법을 취하지 않는다. 하나의 영상을 인상짓는 데에 시종
일관한다. 그리고 그를 위한 용어를 찾아낸 것이 12호의 작
품이다. 그러나 이것도 역시 그 작품의 내용은 어떤가?

　나는 선의의 입장에서 이것을 '기지基地'를 읊은 작품으
로 받아들이고 있다. 그러나 이것이 '기지' 여야 할 필요성
은 이 작품 어디에도 없다. '일본의 땅이 아닌 곳' 이라는
것을 우리들은 '기지'라고 알지만, 모르는 사람들이라면
결코 판단하기가 쉽지 않을 것이다. 작품의 영원성이라는
측면에서 보면 10년, 20년 후에는 전혀 모르는 것이 되고
만다. 그 정도로 손해가 나는 작품이다.

　나는 장황하게 권 군의 작품의 좋은 면보다도 오로지 단
점을 파헤쳐온 듯하다. 필요이상의 억지를 부린 점도 있을
지 모른다. 그에 대해서는 동지로부터의 기탄없는 비판과
반론을 기대하며, 다만 나 자신도 권 군과 같은 위험성을
많이 내포하고 있기에 모조리 내보이고 싶었다. 다행히 특
집 중에 「작업화」에 접할 수 있어서 내 자신이 구원받은
것 같이 안심되었다. 이것은 분명히 진달래 이전의 작품으
로 기억하고 있는데 권 군에게는 대담하기까지 한 낙천성에

기댄 또 다른 면이 분명이 있다. 너무 아름답게 꾸미려 하지 말고 이 점을 솔직하게 신장시키길 바란다.

황무지를 개척해서 겨우 4천엔으로 자신의 집을 혼자서 짓고, 소박하지만 자립을 위해 양계장을 시작한 권 군이기에 조금만 더 현실성 있는, 그것이야 말로 생동감이 있는 작품을 반드시 쓸 수 있을 것이다. 나는 시친구의 한사람으로서 그것을 진심으로 기도하고 있다.

마지막으로 (쓸데없는 것일지도 모르지만……) 일본어로 작품을 쓰고 있는 조선인의 한 사람으로서 요즘 계속 슬픈 생각에 잠긴다.

우리들의 일본어가 연마되어 가면 갈수록 국어는 무뎌져 가고 있는 사실에 눈을 감고 있는 나를 여러 가지 점에서 발견한다. 슬프고 괴로운 일이다. 유의해서 시 이전의 공부도 우리들에게는 필요한 듯하다.

1955년 9월 11일 밤

비

강청자

비가 새는 데
고민 없이
자고 있는 것일까
격렬하게 함석지붕을 두드린다
비 소리를 듣고 있자니
왠지
어두운 생활에 신음하는
넝마주이 생활의
그 부모자식이
떠올라서
나의 가슴은
어두운 슬픔에 갇힌다.

비여
심하게 내리지 말아주오
생활에 학대받은
가난한 저 부모 자식을 위해서
나는
학대받은
어두운 밑바닥의 시를

혼자서는
읊을 수 없지만
나는
심한 분노를 닮은
어두운 슬픔을
읊조려야만 한다.

비여
빨리 멈춰 주오
나는
날품팔이
저 부모 자식을 위해서
그리고
잃어버린
밝은 푸른 하늘을 위해서
조용히 기도하는 심정으로
기대하는 내일의 맑은 하늘을
기도 해야만 한다.

불탄 자리의 우물

권동택

첫 닭 울음소리보다 빨랐다고 한다
판잣집에서 내가 태어난 소리
두레로 사납게 물을 쳐서
모두의 잠을 방해했겠지
도르래가 삐걱거리며
분주한 아침을 퍼 올렸겠지
그 소리가 그리워서
화재로 불탄 자리 우물을 찾아갔다
빈곤이 찌든 빨래를
힘껏 두들겨서
물을 마구 끼얹던 우물가의 어머니
다음날, 그 다음날도
계속 쭈그리고 있었던 어머니의 뒷모습이
왜 이리도 강렬하게
나의 눈동자 속에 남아있는 것일까?
가난함을 비벼 떨어뜨리려고 했던
어머니의 손에 어머니의 이마에
늘어갔던 주름 하나하나는
새하얀 빨래를 널 때에 슬프게도 눈에 띄어
유독 겨울날은

바지랑대처럼 갈라진
어머니의 손가락 끝에서
피가 눈물처럼 배어나온 것이었다
눈물을 흘리며 그것을 또 길어 올린다
판잣집 생활은
정말로 도르래에 녹슬어 있었다
슬프게도 이를 갈았던
내가 초등학교 2학년 봄
어머니를 업고 주저앉은 적이 있었다
우물을 에워싼 밝은 어느 날의 웃음소리는
이제 희미해져 있다.

귀향

조삼룡

추억의 파편이라도 떨어져 있지 않을까 해서
둘러보면서
자갈투성이의 길을 걷고 있자니,
긴 눈바람에 견뎌온
초가지붕과 흙벽과 돌담이
엉켜있는 속으로 나왔다.
거기서 내가 찾아낸 것은 무엇이었을까?

가슴속 깊은 곳에서 작게 접어두었던
수십 년의 세월이
순식간에 부풀어 올라 막 퍼져서
멀–리 날아가 버리면
나는 지친 다리를 이끌고
'과거'가 파묻혀 있다고 하는
공동묘지로 가는 언덕길을 올라가고 있었다.

밤.
찢어진 사랑의 상처에서
타오르는 창백한 인광으로
떠올랐던 무덤들.

거기에서 죽을 수 없었던 영혼이
호소하는 소리를 들었지만
이제 '과거'를 되돌릴 수는 없다.

완전히 밝아진 언덕길을
살아남은 사람들과
방풍림을 만들 것을 생각하면서
단숨에 뛰어내려 왔다.

나의 바다

홍종근

가을은 쇠빛을 띠고
하늘은 거대한 프레스

오염된
바다가 침묵하고 있다
여기는
평평한 태평양

아득히 저편의
미국은 보이지 않는다

잉글랜드
검은아프리카
굶주린 파리도 독일도
비치지 않는다

그렇지만 보이는 것이다
조국은

내가 모르는
나를 모르는
용감한 거리가
지도자가

여기는
일본해도 아니다
오사카만湾에 가까운
바닷가 이지만

반드시
저 수평선은
나의 가슴까지
직선을 긋고 말았던 것이다
어딘가에서
철을 때리고 있다

모래가 무너진다

일본의 얼굴[1]

김탁촌

(그 하나)
장마가 걷힌 후
한층 더 파란 하늘
지붕들의
그 저편
숲 위
산 위
지평선 위
소나기구름이
눈에 스며드는 두려움이여
원자구름과 닮아,

뭉게뭉게 언제까지나
퍼져 올라가는 듯이 보여서
끝없는 후렴의
초조함이여,
그저 뭉게뭉게
새파란 하늘의 구석에서,

---

1) 목차제목과 본문제목이 불일치.

아아 이 나라의
사람의 편협한 마음이여,

(그 둘)
새빨갛게 물든
외제 루주 밑에서
거무스름하게 주름 진 입술이
숨 막히는 경련을 일으키고,
움직일 수도 없고
폭주하는 기계 위에,
진동으로 미끄러져 떨어질 듯한 내장을 껴안고
부패한 우유 빛의 표면,
흥건히 눈가를 적시면서
뚝뚝
다 타버린 에너지가
끊임없이 흐르는 가스,

말도 하지 않고
울지도 않고
이 나라 구석의 얼굴

(미완)

수인의 수첩

박실

하늘의 푸름은
사람들의 희망을 불타오르게 하지만
이 수첩의 푸름은
감옥의 죄수복을 연상시킨다.

일찍이 수험번호에
가슴 뛴 적도 있었지만
이 수첩의 번호는
수인의 칭호를 연상시킨다.
꺼림칙한 기억에 휘감긴
외국인 등록증이여
그것은 수인에게 주어진
판결서인 것이다.

제 3국인이라고 불리는 까닭에
안주 할 땅도 없고
손발의 자유도 없다.
단지 스스로의 뼈로
생활을 찾아서 계속 살아가는 사람들
우리재일동포여.

감옥 밖에
사바娑婆[2]는 없고
감옥 안에
사바는 있다.

---

2) 사바娑婆 : 인간세계, 속세를 지칭하는 말.

독방

송익준

-형무소풍경(1)-

변기와 식기가 동거하고 있다

멍석위에서

종일

세공품 공예 노임

'일금 64엔'

한 시간 분이 아니다!

3년분이다!!

현실세계에 나오는 꿈속에서

빛 2개의

연기가 되어서

3년분의 노임이 사라져 버렸다?!

(9월 5일)

巫木 : 여름의 차양 모자의 재료

기증감사			
시운동 14	성좌군 2	창조 창간호	낮과 밤 10
철과 모래 14	동지 12	노동자연극 8	보리피리 9
숨결 6,7			

[국어작품란]

8 · 15찬가

앞길을 태양은 밝힌다3)

김탁촌

(1)

숨도 막힐 지경

꿈과 희망을 찾아 헤매던 그때,

두 눈은 아픔에 붉히고

몸은 검은 벽에 둘러싸인 윗땅,

사철 부는 바람은 바늘로 찌르는것 같았던

기나긴 낮과 밤의 계속,

그 세월은 흐르고 흘러

량 손 까락으로도 세지못한 그때와 오늘,

같은 피와 **뼈**를 나눈 겨레가

바로 이땅오막살이 지붕밑에서

나고, 자라고, 돌아갔었다.

　오-, 八월이오면, 해마다 八월이 오면

　맹세와 같이 그 날날의 생각 강직하다,

---

3)「앞길을 태양은 밝힌다」이하「꿈에본 동무얼굴」,「黃菊花」,「진달래」,「아침의 바다」는 한국어 작품으로 원문표기에 의함.

그럴때 마다
아-, 어찌 그리워하지 않겠느냐,
추억 많은 고향강산을
외양간 소 울음을
그리고 다시
사람과 명절 풍경 환히 떠오르는
그런 나의 옛 시대도-,

그러기에 나는 거절 하였다,
조국의 품안에서 끌리워 왔으나
그의 마음에 배반 하는것을,
그러기에 너도 기다렸다
다물은 입술에서 흐르는 피를 마시고
조국이 부르는 그 소리를,

(2)
 '1945년', 그날은 '八월 十五일',
기여코 조국은 일어 났었다,
저항에 굵어진 주먹을 높이 들고
쏘련군대의 포부와 함께
 '김 대장'이 돌아 오셨다,

땅을 덮은 두터운 구름
산산이 찢어진 그속에서
가벼운 지동 올리며
바람에 실리어 반가운 노랫소리 들려오고
앞길을 밝히는 따뜻한 햇빛에
기쁜 소식을 전해여 왔어도
억눌린 노예는 인간으로 부활하였다,

(3)
그러나 아
어떻게 알수가 있었단 말인가
깊이 숨겨진 날카로운 그 손톱을-,
생몸 감추어 발으고 발은
그 미국식 화장 얼굴을-,
해방을 기뻐하는 노랫소리도 끝나기전
그날부터 또다시
절호하는 사람소리는 땅을 흔든다,
전신에 깊은 상처를 입고
웨치는 소리가 들린다,
빼앗어간 나의 눈알을 달라고-,

'사람이 사람답게 잘 살 수 있는'

‘조선사람이 조선에서 잘 살수있는’
그 희망에 넘치는 길을 찾아
피와 눈물로 젖어진 몸을
맑고맑은 고향 앞강물에 씻으려고
왜 쓴다,

(4)
봄이가고, 겨울이오고
이년이지나————————오늘은 십년
고통은 용기를 주었고
슬픔은 저항을 일으켰고
굶주림은 애정을 길었고
천대에는 사랑으로 보답하고
억압에는 뭉침의 대상으로
살아나온 그런 민족인 우리들,

한없이 속사오르는 아름다운 전설로
옛이야기 즐겨히 잘하는
그런사람 많은 민족인 우리들,

인류의 영예를 걸고
미제의 침공 철저히 부시고

무서운 전쟁 방화를 막아낸
새조선의 굳센 민족인 우리들,
우리들, 자랑 많은 조선민족,

(5)
열 번째 윗땅에서 맞이하는
명절 八·一五,
조선의 겨레요!
노래하여라, 공화국기 휘날리여 노래하여라,
'조선은 하나로다' 노래하여라!
우리의 조국은
지금 저- 흰구름 뜨는
한층 더 푸르고 푸른 하늘밑에서
거대한 강철의 피부로 쌓여
태양같이 심장을 불태우며
전쟁증오의 소리 드높이
영원한 행복과 희망의 전당을 꾸미고 있다,

1955.8.6

꿈에본 동무얼굴

남길웅

아름다움 東山에 홀로 헤메다가
벗을 만나 함께 그늘로 찾어갔다.
자미로히 지난날을 追憶하니 애닯고
고요히 한숨쉬며 幸福하라 빌적에
꿈에본 동무얼굴 눈앞에 나타나,
아!
꿈이였든가 자최도 없으라,

黃菊花

이수일

떠나올때 피든 黃菊花를
나는 돌아보며 또 돌아보며
잘 피여라 곱게 피여라
그래서 香氣품고 범나비 불러라 하며
고히 입마추고 떠나왔노라

진달래

허영수

검게 그슬린 방선 골짝에
어디서 솟아난듯 붉게 핀 진달래
두볼을 붉히며 멈춰서 웃는
그리운 처녀인듯 반가운 진달래

넓직한 가슴을 열어 언덕에 서면
훈훈한 봄바람 옷깃에 스며드는데
병사는 우뚝 서서 히죽이 웃네
진달래 꽃속에 그들 두고 생각는 사연

무연한 벌판에 씨 뿌리고 있을
눈매 아릿다운 마을의 처녀
처녀는 고향에 산다
병사는 잊지 못하네

가슴에 여기던 위장막 우에
전진 덮씌운 모자 차양 우에
그를 두고 고향을 두고
봄마다 꽂혀 있을 아름다운 진달래

간절한 고향의 소식을 전하며
이 봄도 변함 없이 되었거니
진달래꽃 사랑하는 전사의 붉은 마음,
오늘도 평화의 방선을 지켜 여기에 섰다.
                    −8·15해방 9주년 기념 전국문학예술축전입상
                            써클문학선집−으로부터

아침의 바다

조홍기

十월의 어느날 구주의 조그만한 어촌에 찾어간 한토막의 이야기이다.

기차의 시간표가 어떻게 꾸며 졌는지 아침 四시경에 일어나 소지품도 충분치 못한 채 이슬나린 새벽 아침의 거리로 뛰여 나왔다. 시간이 빨은 탓인지 낮에는 그렇게도 번창하며 사람의 왕래가 심한 十자로의 길도 희미한 고가선의 전등이 무기미 하게 켜져 있을뿐 정막의 길과 같이 고요하다. 먼곳에서 행상군들인지 그들의 주고받는 고성이 침목을 깨뜨리며 그것을 전조로하여 먼 곳에서 개짖는 소리도 한층 더 려수旅愁의 감정을 인상 시킨다.

차를 타고 련락선과 뻐스에 세시간 이상이나 흔들려서 목적지에 도달한것은 시계의 단침이 七시 근처를 가르켰을때였다. 동쪽으로 명랑치 못한 광선이 보옇게 잔잔한 해변에 반사 되여 똑똑 하였을때 생각없이 주위를 한번 휘돌아 보았다.

등을 산으로 껴안은 배암과 같이 생긴 꾸불꾸불한 촌길을 걸어서 이 촌락의 물새를 가로 놓인 콩크리-트의 방파제에 이른다.

안개 사이로 보이는 굴뚝 연기는 어느곳에서나 보고 왔지만 사뿐한 그모습을 처다보니 평화스럽고 잔잔한 정서가 울어난다.

바다가에 밀어 들었다가 돌아가군 하는 물소리를 듣는것

도 흥미가 있겠지만 그것보다도 아득히 보이는 수평선 바다 위에 나무잎 같이 보이는 조그만한 어선 웬쪽편에 덜썩 앉어 있는 높은산은 전경은 보이지 않으나마 꼭때기 만이 토대없이 있는것같이 일문자로 행선이 그여진 흰 구름은 나의 인상에 깊이 남을 것이다.

멀수록 안개가 많은 것같이 생각나는 일 어촌의 풍경은 머리속 깊이 남어 나의 감정과 알맞은 고요한 곳이라는 직감은 다만 침묵의 극지로 처밀어 간다. 해수욕 시절이 되면은 번창하여질것같이 생각나는 갑짜기 만든 바락집이 이곳 저곳 산재되어 폐물의 애처러움을 련상시킨다.

  개창가에 행실좋게 련계된 나의 키만한 어선이라든가 복판에 뜨고 있는 고기 기루는 곽 목도리를 하여 새벽아침의 물을 진은 땅나귀와 같이 보이는 부인을…… 모든 것이 나에게는 호기심을 이끄는데 충분한 아침의 바다였다.

[사회희평]

반대 또한 진실이다

김시종

어네스트존4)이 일본에 와서
원자폭탄은 가지고 있지 않다고
손바닥을 뒤집어 보여 주었죠
고작 쏘더라도 2~3km이고
소련 중국에는 닿지도 않습니다.
그 정도로 나는 정직한 사람이고
일본 국내에 어딘가의 구석에
한방 쏠 수 있으면 만족 합니다,
먼 곳은 B57로
몰래 부탁해 놓았기 때문에
나 따위가 너무 떠들어대는 것은
조금이상하지 않습니까?
왜 또 B57을 부른 것이냐고?
하지만 여러분!
원폭의 가치를 아는 것은
전 세계 어디에도
일본보다 뛰어난 나라는 없는 걸요……

---

4) 어네스트 존(Honest John) : 미합중국 최초의 핵탄두 탑재지대지 로
켓. 상정된 주요한 용도는 전술핵공격이었는데, 핵탄두대신 통상적인
고성능 작약탄두를 탑재할 수 있도록 설계되었다. 당초의 제식명은 기
본형이M31개선형 M50이었다. 어네스트 존은 1951년6월에 처음으로
시험되어 1954년부터 재유럽미군에 배치되었다.

진화적 퇴화론

김시종

　지금 사회시간입니다. 학생A가 질문을 했습니다. "선생님 닭이 날 수 없는 것은 진화한 탓입니까, 퇴화한 탓입니까?" 선생님은 갑자기 곤란해 하며 겨우 대답한 것이 다음의 애매한 대답입니다. "굳이 말한다면 진화적 퇴화라고 말할 수 있는 현상이겠죠. 파충류가 활보했던 시기에는 인간의 존재 따위는 생각할 수도 없었을 때이고, 닭이 '때'를 알릴쯤에는 이제 완전히 파충류는 퇴화한 시기였기 때문에, 인간사회에 있어서 파충류의 퇴화는 진화였고 닭 자신에게도 맹수로부터의 해방은 퇴화에서 오는 진화였다고 말할 수 있겠죠" 아무래도 알 수 없는 이 대답에 미심쩍은 듯이 손을 들었던 것은 학생 B였습니다. "그렇지만 선생님, 우리 집 닭은 밤낮 울고 있습니다." 결국 궁색해진 이 선생님은 더위로 가장한 식은땀을 닦으면서 "이른바 좌우 양사회당의 통일 같은 것이고……"라며 그만 속마음을 보이고 말았습니다. 다행히 악의가 없는 대답이었기에 누구 한사람 책망하는 학생도 없고, 잠시 닭 이야기만이 계속되었습니다.

1955.8

[투고]

투쟁의 노래

―동지K의 출옥을 맞이해서―

아다치足立시인집단   공동창작

소리 없는
　　　위협이
　　　　　하늘높이
　　　　솟아있다
좁은 감옥−
공간을
　　　갈라
동지와
　　우리들을
　　　차단하고 있는
　　　　　두터운 벽
드디어
　　　무너져
동지는 다시 전열에
　　　　복귀했다
　　　　　　　‘오후 8시 35분’

동지여!

동지가
　　옥중에서
　목청 높여
　　노래하고 있었을 때
우리들의
　노래 소리와
　　함께
　　폭풍우가 되어
　　　　소용돌이 쳤다

우리들의
　　힘은
　어떤 것에도
　　뒤지지 않는다
적을
　증오하는 것이야 말로
우리들은
　　시간과
　　　공간에
　제약받지 않는
　　유대를
　　　가지고 있다
　　　　　　'동지애'

동지여!!
우리들은
　들었다
　동지가
　　옥중에서
반항의 외침을
　　　　절규하고 있었을 때
우리들의
　　외침과 함께
　파도를 건너서
　　퍼져갔다

우리들의
　　증오는
　무쇠에
　　단검
　위에
　비추어
　언제라도
이 단검을
　갈고 닦아서
　　칼날 위에
　　복수의 불꽃을
　　　　계속 불태운다
　　　　　'혁명 혼'

동지여!!!

우리들은
　　　　　나아간다
기회를 노리는 승냥이와
　　　　　　　　악랄한
　　　　　　　　　여우와 함께
　　　　　　끝없는
　　　　투쟁을
　　　　　계속하기 위해서

오오-
음울한 검은 구름을
　　　　　　　　걷어내어
평화와
　　조국
　　　　통일독립의
　　　　　　노래 소리를
　　　　　메아리치게 하자
태양을 향해
　　　　　조국의 깃발을
　　　　비추어
　　　　　내걸자!!

　　　　　　　　　　　(7월 17일)

마늘

소천약

나는 마늘을 좋아한다. 먹었을 때의 그 독특한 맛을 좋아하는 것이 아니다.(물론 좋아하는 것에는 틀림없지만) 하물며 그 냄새가 맘에 들었던 것도 전혀 아니다.

어머니가 마늘 간장 장아찌를 만들기 위해서 마늘을 소금에 절여 두었더니 그 자른 곳에서 싹이 나왔다. 이 강인함을 보아라! 이 끈질김을 사랑하는 것이다.

나는 사회의 부정함과 불합리함에 한없는 증오를 느낀다. 그렇지만 세상을 허무하게 여겨 스스로의 생명을 끊는 일은 하지 않는다.

그것은 결국 부정함과 불합리함을 긍정한 것이 되기 때문에 끝까지 싸우지 않으면 안 된다. 마늘과 같은 강한 힘으로.

[왕복서간]
시의 존재방식에 관하여

오사카조선시인집단귀중
아다치시인집단

『진달래』12호 고맙게 받았습니다. 감사합니다. 기회가 있을 때마다 귀 집단과의 교류를 희망합니다.

귀 집단의 기관지는 우리들에게도 매우 의의 있고 참고가 되었습니다. 우리 집단에는 여러 가지 생각을 가진 사람이 참가하고 있고, 또한 일본인과 조선인이 공동으로 집단을 운영하고 있습니다.

우리들은 시에 대해서 여러 가지 생각을 하고, 의견을 교환해서 '시'에 대한 기본적인 태도와 이해를 깊게 하고 있습니다.

아다치足立구내에 이치하라市原병원이라는 결핵전문병원이 있습니다만, 여기에 입원 해 있는 사람들과 협력해서 (이 병원의 환자들은 『도토리どんぐり』라는 시집을 5호까지 내고 있습니다) 합평회나 토론회를 1개월에 1회 정도씩 가지고 있습니다.

이 가운데에서도 역시 '시'에 대한 토론이 반복되고 있습니다. 이런 토론을 통해서 우리들이 이해한 것은 시란, ①민족해방과 민생, 독립, 평화, 자유를 위해서 싸우는 중요한 무기라고 하는 것입니다. 즉 시란 대중의 사상과 감정의 표출이고 그것은 집단 속에 있는 작자가 개인이라도 출발은 대중이라는 것입니다. 시는 대중 속에서 생겨나고 대중 속에서 성장하고 대중에게 사랑받는 것이고, 이와 같은 시야

말로 진가를 발휘하고 빛나는 것입니다.

 시라는 것은 대중의 기쁨, 슬픔, 미움, 요구를 형상화하고 대중을 행동으로 이끄는 것입니다. 때문에 시는 조용한 서재에서 회상 속에 빠져서 쓰는 것이 아니고, 대중의 투쟁 속에서 만들어지는 것입니다.

 시는 항상 대중투쟁의 산물이며 대중의 혁명적 행동과 함께 성장하였고 이것만이 내용의 추상성을 씻어내는 것이라고 말할 수 있습니다.

 '혁명의 한가운데 참가하고, 그리고 혁명방식을 운용(마야콥스키)5)' 함으로써 시의 내용과 형식이 통일된 것이 아닐까요?

 그 점에서 1920년대의 마야콥스키의 시의 형식은 우리들에게 많은 교훈을 줍니다.

 우리들도 마야콥스키 시의 형식에 깊은 관심을 가지고 귀집단에 기고한 「투쟁의 노래」도 거의 비슷한 형식을 취하고 있습니다.

② 대중의 말과 감정을 깊게 이해하지 않은 채, 대중의 시를 쓴다는 것은 불가능하다고 생각합니다. 따라서 시라는 것은 쓰는 것만이 아니라, 한발 더 나아가 행동과 공작을 요구하는 것입니다. 이것들은 확실히 내용의 문제입니다. 혁명의 한복판에서 새로운 형식과 내용을 창조한 마야콥스키는 우리들이 가장 존경하는 빛나는 별인 것입니다.

 게다가 우리들은 동맹 작가 동맹 제2회 대회에서 연설했던 아라공6)의 말도 신중하게 생각하고 토론했습니다. "민족

---

5) 마야콥스키(1893~1930) : 러시아 미래파의 대표적 시인이며 혁명적 이상을 노래하면서 풍자와 내면, 사랑과 고뇌의 세계를 전했다. 1930년4월에 권총 자살했다.
6) 아라공 (Louis Aragon 1897~1982) : 프랑스 시인이며 소설가이다.

형식과 사회주의적 내용"이라는 말을 반복하고 강조한 아라공의 시에 대한 태도는 깊이 배울 점이 있습니다.

우리들은 일본에서 조선민주주의 인민공화국의 공민으로서 국제주의적 연대성 하에 자본주의사회에서 사회주의 리얼리즘을 창조하기 위한 노력도 필요하지 않을까요?

우리들은 자본주의사회에서 사회주의 리얼리즘을 창조하기 위해서 시의 분야에서도 신중하게 학습해야만 하고, 리얼리즘의 입장에서 그 리얼리즘이 비판적인 입장에서 한 발더 나아가 사회주의적 입장을 추구해야만 하는 것은 아닐까요?

자본주의 국가에서 사회주의적 리얼리즘은 '시의 분야에 있어서' 새로운 사회를 창조하기 위해서 싸우고 있는 노동자, 농민, 시민 등을 힘 있게 노래하고 묘사하는 것이 아닐까요?

게다가 노래되는 전형은 우리들의 바로 옆에 있는 대중을 묘사하고 대중이 갖는 힘만이 혁명의 원천이며, 이 힘을 시인의 두뇌를 통해서 재생산하는 것이라고 생각하고 있습니다. 이것은 「투쟁의 노래」에서도 의식적으로 채택했습니다. 출옥의 동지K는 특정의 뛰어난 인간이 아니고, 여러 활동가 중의 한사람이며 그의 옥중 투쟁은 많은 동지들이 싸워 온 길입니다.

물론 이 시는 사회주의 리얼리즘의 입장에 선 작품이라고 단정할 수는 없습니다만, 가능한 한 그 입장에 선 노력을 할 작정입니다.

③ 마지막으로 시인은 방관자적 입장에 서면 안 됩니다. 방

다다이즘, 슈리얼리즘 운동가를 거쳐서 공산주의로 바뀌어 제 2차 세계대전 중에는 대독 저항운동에 참가하였다.

관자적 입장에 서서 쓰여진 시는 아무리 혁명적 사상의 소유자에 의해서 쓰여진 것이라고 해도 개량주의에 몰려, 문예상에서 근대주의로 통하는 길을 걷는 것입니다.

혁명적인 시인(우리들은 항상 노력하고 있습니다만)은 개인적인 입장으로 시를 만드는 것이 아니고 조직가, 활동가로서 평소에 투쟁의 주인공이나 사건속의 주인공 입장에서 정밀하게 관찰하고 이론이라는 무기를 강화하여 시를 창작하도록 노력해야만 합니다.

적극적이고 의미 있는 테마를 다루려면 작자자신이 이것을 명확하게 조합하고 많은 모순을 극복해 가는 양적 과정에서 질적 비약도 이루어지는 것입니다.

가장 기본적인 것은 우리들이 대중의 생활 속에 들어가 생산에 종사하고 대중의 무한한 창조력을 배우고 새로운 인간상을 발견하여 새로운 시를 짓는 것입니다.

시는 관념 속에서 태어난 추상적인 것이 아니라 대중을 설득할 중요한 무기라고 하는 관점에서 시인의 두뇌를 통해서 대중의 생산, 생활, 투쟁이 재생산되어 형상화되지 않으면 안 되는 것입니다.

시가 설득력을 가진다는 것은 형상을 통해서 독자의 정서를 격렬하게 일어나게 해야만 하고, 이 설득력이라는 것은 개념으로 설교하는 것이 아니라, 생활 감정으로 정치활동을 한발 전진 시키는 것이겠죠.

이를 위해서 대중의 애증을 흔들고, 자발적으로 대중의 사상을 계몽하여 대중을 행동으로 이끄는 것입니다.

우리들은 이것들에 대해서 많은 뛰어난 세계의 시인들을 알고 있고, 여러 형제자매도 당연한 일이라고 생각합니다.

장황하게 써서 외람됩니다. 아다치시인집단은 이러한 것

이 합평회 때마다 충분하지는 않지만 항상 논하고 있습니
다. 귀 집단에 조금 참고가 되도록 말씀드렸습니다.

　마지막으로 귀 집단에 형제애로 인사를 보냅니다. 귀 집
단의 건투와 여러 형제자매의 건강을 빕니다.

7월 18일　총총히

아다치시인집단 귀중

정인

　보내주신 편지 기쁘게 잘 읽었습니다. 작품까지 보내주셔서 감사합니다. 우리들은 여러 가지 의미에 있어서 교류할 필요가 있습니다. 그 점에서 당신들이 시의 일반적인 문제에 관해서 의견을 보내주신 것은 대단히 참고가 되어 기쁩니다. 이 기회를 통해서 향후에도 깊은 교류를 해 나갔으면 합니다. 답장이 매우 늦어진 것에 대해 사과드리며 저는 제 나름대로의 시 창작 과정 속에서 시에 대해서 느낀 것을 생각나는 대로 써 보고자 합니다.

　시는 논리가 아니라고 종종 이야기 되어 왔습니다. 나도 그것에 동감합니다. 물론 문학은 대중의 사상, 감정의 표현이고 평화와 자유를 위해서 중요한 역할을 다해야만 한다고 생각합니다. 그리고 새로운 문학의 기초가 전국 도처에서 생겨나서 성장하고 있는 서클 중에 그 싹이 있습니다. 우리들도 그 구성원의 한사람이라고 생각합니다만, 우리들이 구체적으로 시를 창작할 경우에 시의 일반적인 문제 혹은 기본적인 모습을 어느 정도 이해했다고 하더라도 시는 쓸 수 없습니다. 그리고 시는 혁명이론이 아니라 예술인 이상 작자인 개인을 빼고는 생각할 수 없습니다. 문제는 그 작자인 개인이 서 있는 기반과 그리고 그 사상이 무엇에 입각하고 있는가가 중요한 것이라고 생각합니다.

　우리들이 구체적으로 어느 대상을 그릴 경우, 그것을 자기 자신의 문제로 실감하고, 대결하여서 그 대상을 감성의 가장 깊은 곳에서 파악하지 않으면 진정한 시는 태어나지 않습니다. 이것은 사회과학적인 사고와는 다른, 시의 독자적인 사고라고 생각합니다. 감성을 무시한 마르크스주의는 마지막 궁지에 몰린 곤란한 상황에는 아무 도움도 되지 않게 되겠죠. 따라서 중요한 것은 대중을 얼마나 바른 행동으로 이끌까라는 자각보다는 자기의 행동 동기를 어디에 두고, 자신의 인간개조를 할 동기를 어떻게 만들어 나갈 것인가가 중요하겠죠. 왜냐하면 시로부터 자기감성의 변혁을 의식하고 그것이 구체적인 작품에 반영되었을 경우, 독자가 자신들 속에 있는 낡은 감성의 변혁을 의식하는 것과 관계가 있기 때문입니다. 자기 자신의 문제와 대중의 문제를 같은 기반에서 해결해 가야만 합니다. 적어도 나의 경우에 시 창작은 그와 같이 파악하고 있습니다. 작자의 그러한 노력을 빼고는 대중의 조직화 등은 있을 수 없습니다. 시를 쓰고 있는 사람도 역시 대중의 한사람이라는 자각을 잊어서는 안 됩니다. 그것이 우리들이 어떻게 대중을 알고 대중과 밀접한 관계 속에서 생활하는가로 이어지는 문제여서, 단지 군에 혁명적인 운동에 참가하고 있는 것만으로 대중과 함께 생활하고 있다는 안이한 생각은 매우 잘못된 것입니다.

시의 형식에 대해서는 작자의 이데올로기가 결정적인 역할을 합니다. 이 경우의 이데올로기라는 것은 이론이 아니고 인간의 깊은 곳에 있는 것, 즉 정신질서를 결정짓는 사상입니다만, 마야콥스키가 아무리 위대하고 많은 교훈을 준들 우리들은 결코 마야콥스키는 될 수 없고 아라공일 수 없습니다. 마야콥스키는 자신이 살았던 시대, 사회구조와 불가분하게 이어져 있습니다. 그렇기 때문에 작자의 이데올로기와 그 시대의 사회구조를 뺀 시의 형식은 생각할 수 없습니다. 이것은 혁명의 방식이 그 사회의 여러 조건에 의해서 달라지는 것과 관련 있습니다. 새로운 우리들의 시의 형식은 지속적으로 추구되어야만 하는 문제이겠죠.

먼저 시는 논리가 아니라는 것을 썼습니다만, 시인의 두뇌를 통해서는 그것이 아무리 뛰어난 두뇌라도 대중이 갖는 힘을 재생산 할 수 없습니다. 앞에서 언급했듯이 시는 시인의 육체에 의해서 실감되어 비로소 만들어지는 것입니다. 물론 대상을 추구할 경우에 두뇌는 필요불가결합니다만, 그렇다고 해서 두뇌 그 자체만으로는 시는 만들어지지 않습니다. 단순한 논리를 만들어 내는 것에 지나지 않겠죠. 우리들이 현실을 직시할 경우, 여러 가지 모순에 부딪칩니다. 노동자, 농민들을 힘 있게 묘사해서 그 미래에 광명을 주는 것도 중요한 것입니다만, 현재의 일본의 사회적 조건에서 우리들의 현실을 둘러싼 모순과 속임수를 철저하게 폭로하고 그것을 읊는 편이 더 강조되어야만 하는 것이 아닐까요. 그리고 지속적인 증오로 그것과 대결해야만 한다고 생각합니다. 증오와 분노가 여름의 불꽃놀이로 끝나서는 아무 힘이 될 수 없겠죠. 지속적인 증오는 확실히 하나의 행동을 지탱하게 됩니다. 물론 그 경우 우리들은 노동자, 농민의 입장에 서야 하고, 과학적으로 마르크스주의를 학습하며, 유물변증법에 의한 올바른 방법론을 익혀야만 하겠죠. 때문에 우리들은 조건반사적으로 사회적 여러 문제를 다루어서는 안 됩니다. 자신의 생활과의 연관 속에서 실감할 수 있을 때까지 자기 자신을 높일 필요성이 강조되어야만 합니다. 예를 들면 요전에 어네스트 존이 일본에 배치되었습니다. 일본에게 이것은 중요한 것이고, 일본의 기지강화의 구체적인 표현입니다. 그래서 이것을 논리적으로 반대해야 한다고 생각

한들 시는 만들어지지 않습니다. 그것이 자신의 생활과 관련된 것으로 실감되었을 때 비로소 시가 태어납니다. 감성은 뜻하지 않는 형태로 이성을 배반하는 것입니다. 이성이 감성의 가장 깊은 곳까지 뿌리를 내리고 있지 않기 때문이겠죠. 때문에 '대중을 계몽하고, 대중을 행동으로 이끈다'는 것만을 너무 강조하는 것은 그 자체로 바른 것임에도 불구하고 바르지 않은 방향으로 나갈 위험성이 있다고 생각합니다. 즉 작자의 낡음과 약함에 대한 추구가 결여되어 그것은 관념적인 경향을 띱니다. 그것은 독자에게 이해는 시키더라도 실감적 감동은 주지 않는 것입니다. 관념적인 혹은 개념적인 경향은 본질적으로는 방관자 입장과 연결되는 것입니다. 지금까지 우리들의 시는 전체적으로 그와 같은 결함을 가지고 있었습니다. 낡은 정신질서를 뱉어내고 새로운 감성을 만들어내는 것은 매우 중요한 것입니다.

써서 다시 읽어보니 정리되어 있지 않아 부끄럽습니다. 향후에도 여러 가지 의견교환을 했으면 합니다. 귀 집단의 건투를 빌면서 붓을 놓겠습니다. 또한 원고는 두 편 모두 진달래에 게재하겠습니다.

총총

투고환영

하나. 평론, 시, 수필, 르포르타주, 비평, 의견, 감상, 그 외

하나. 원고용지 10매 이내 또는 엽서

하나. 원고 마감 날짜 없음

하나. 송부처

　오사카시 이쿠노구 히가시모모다니쵸 4-224大阪市生野区

東桃谷町

오사카조선시인집단 앞

젊은 숨결을

정열을 쏟아 버리자

投稿歓迎

一、評論、詩、隨筆、ル
　ポルタージュ、批評、
　意見、感想、其他

一、原稿用紙十枚以内
　または葉書

一、原稿〆切日無し

一、送り先
　大阪市生野区東桃谷町四ノ二二四
　大阪朝鮮詩人集団　宛

若人のいぶきを
情熱をぶちまこう

합평노트

동결지대凍結地帶(홍종근 작) 조선인의 비참한 상태는 보이지만 너무나도 어둡고 희망이 없다.

장식裝飾(권동택 작) 거만한 느낌이 난다. '돈의 벨트'에 초점을 좁혀서 추구하면 좋다.

피투성이 노래는 더 이상 만들지 않겠다血まみれの歌はもうつくるまい(박실 작) 물도 새지 않고 그물도 치지 않은 듯한 작품이지만 그 때문에 감동이 없다.

훌륭한 미래素晴らしい未来(김탁촌 작) 우리 공화국공민으로서 자랑스러움이 넘치는 것은 좋지만 관념적이다. 구체적 사상을 파악하는 편이 좋다.

한밤중의 이야기真夜中の話(정인 작) "재촉해서 밖에 나갔다"는 것은 저항의 모습이 없고 수동적.

미美(정인 작) 앞의 작품과 같고 작자 특유의 표현양식을 가지고 있다. 매너리즘의 경향이 있다.

특별거주지特別居住地(권경택 작) 테크닉으로써 그의 최고의 경지에 도달한 작품. 환상적이고 아름다움을 가지고 있지만 분노를 불타오르게 하지는 못한다.

고민もだえ(한광제韓光済 작) "머릿속은 텅 비어 있다"라고 말하고 있듯이 허무주의가 강하게 표출된 작품. 사상성강화가 우선 필요하다.

통조림かんづめ(한광제 작) 전술한 작품보다도 훌륭하다. 여공들의 노동에 착목한 것은 좋지만 그 고통이 관념적이다.

추억思い出(김인삼金仁三 작) 첫 발표 작품으로서는 정말 능숙하다. 그러나 앞을 향한 희망이 없고 감성에 사로잡혀 있다.

어느 오후의 우울ある午后の憂うつ(김화봉金華奉 작) 조선인의

생활이 나와 있다. 언어에 있어 문어체, 구어체를 혼재해서
사용한 것은 좋지 않다.

염화비닐 일반 일괄비닐
이쿠노구 이카이노 츄 4쵸메 17生野区猪飼野中４丁目１７

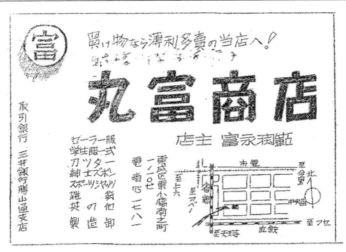

편집후기

o 등불이 친숙한 가을에 진달래 제13호도 여러분의 손에 도착하게 되었습니다. 여러분의 요구에 어느 정도 부응했는지는 의문입니다만, 한발 한발 확실한 발걸음만은 남길 작정입니다.

o 권경택님의 특집을 엮어 보았습니다. 한 사람의 작품을 역사적으로 파헤쳐 보는 것도 결코 헛된 것은 아니겠죠. 한사람의 발표 경로는 좋은 의미든 나쁜 의미든 진달래 전체의 발표 편집과 연결된 것이라고 말할 수 있습니다.

o 이번 호를 편집하는 데 있어서 기뻤던 것은 동경의 아다치시인집단으로부터 특별한 편지를 받았다는 것입니다. 「시의 존재방식에 관하여」는 너무나 요란스러운 경향이 있습니다만, 이것을 기회로 해서 이 문제를 발표해 봤습니다.

나의 대답이 진달래 전체를 대변할 수가 없어서 저 개인의 편지가 된 것은 다소 유감입니다만, 향후 회원 제군이 이 문제에 적극적으로 참가해 주셨으면 좋겠습니다.

o 국어작품란이 아직 불충분한 것을 매우 유감스럽게 생각합니다. 조국의 작품 등을 발췌하면서 회원작품을 풍성하게 해 가고자 합니다. 여러분의 협조를 부탁드립니다.

진달래 제13호

1955년 9월 25일 인쇄

1955년 10월 1일 발행

편집책임자 정인

발행책임자 박실

발행소 오사카시 이쿠노구 히가시 히가시모모다

니쵸 大阪市生野区東桃谷町4-224

오사카조선시인집단

진달래 第十三号

一九五五年九月二五日 印刷

一九五五年十月 一日 發行 頒価 二〇円

編集責任者 鄭 仁

發行責任者 朴 実

發 行 所 大阪市生野区東桃谷町四ノ二二四

大阪朝鮮詩人集団

진달래

大阪朝鮮詩人集団代身誌

第14号

李靜子作品特集

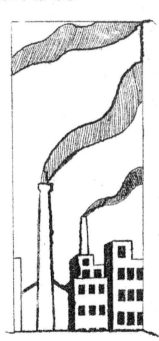

14

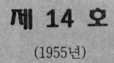

제 14 호

(1955년)

[권두언]

1955년을 보내면서

진달래도 벌써 만 3년 째 봄을 맞고 있다. 3년이라는 세월은 짧은 듯해도 길다. 그도 그럴 것이 아이가 스스로 발을 뗄 수 있는 때이기 때문이다. 이것은 경이에 가깝다. 올해 우리의 발자취를 되돌아보면 한 고개를 넘은 듯한 느낌이다. 거기엔 분명 질적인 변모가 있었다. 그러한 의미에서 우리는 역사를 창조한 것인데, 그 때문에 또 우리의 시운동에 책임을 느끼지 않을 수 없다. 분명 우리 회원의 질적 향상은 있었다. 그러나 그것이 재일조선인 사이에 어느 정도 침투했는지 재고할 필요가 있다. 유감스럽게도 우리가 창작에만 집중해 온 점을 인정하지 않을 수 없다. 작품을 쓰고 기관지에 발표하는 것이 전부는 아니다. 그것은 분명히 이기적인 경향이며, 개인주의적인 것을 포함하고 있다. 대중과 연계해 가는 것을 회원 한명 한명이 다시 한 번 자기 자신의 문제로 진지하게 생각해 볼 필요가 있다.

우리는 고정적인 독자를 갖고 있긴 하지만 우리 집단과 독자층 사이에 어떠한 유기적인 관계를 맺었는지 생각할 때 전무에 가깝다. 대중 집회에도 적극적으로 참가하고 또 이러한 기회를 잘 살려 우리의 시를 확산시켜 시운동을 동포 대중의 것으로 삼는 활동도 가능했을 터인데 사실은 이러한 집회에 적극적으로 참가하지 못했다. 그러한 의미에서 다가올 새로운 해에는 독자층과 인간적이고 생활적인 연결을 긴밀히 해 나가고 싶고, 대중집회에도 적극적으로 참가하고 싶다. 말 그대로 운동의 확대와 질적 향상을 통일해 나가고 싶다.

목 차

[이정자 작품 특집]

밭을 일구며

6월의 태양을 받으며 밭을 일군다
삽을
검은 땅에 호미질을 하고
잠시 한 숨을 돌린다
힘을 넣어 다시 판다

봉긋한 한줌의 흙이
여기저기 솟아올라 있어
삽 등으로 두드리니
기분 좋게, 무너진다,
봉긋하고, 불룩한 흙뭉텅이가
차례로 무너져 부드러운 흙이 된다

의족을 들여 놓으니
사뿐히 흙 속에 빨려든다
피부에 와 닿는 느낌도 친근하여
나는 기분이 좋아진다

태양은 찬란하게
만물에 쏟아져 내리고

일하는 나의 오체五體를 감싼다
아아
소리 높여 노래를 부르고 싶은 기분이다.

어떤 구두

연설회를 마친 그 사람은
밑에 깔려 있던 가죽구두를
겨우 찾아서 신고 나갔다
빗속에 구두를 적시며—.

비를 맞고 바람에 날려도
짓밟혀 때가 묻어도
그 사람은 신고 나가겠지

흰색인 듯
갈색인 듯
너덜너덜해진 낡은 구두라도
그 사람은 신고 나가겠지

아침에도 낮에도 밤에도
그리고 온종일 신고 다닌다.

옥중 벗에게

지금 당신은
일본의 어느 감옥에 있다
지금 당신은
차가운 벽에 둘러싸여
어두운 마루 위에 앉아 있다
하늘의 푸름을 보지도 못하고
하늘의 깊이를 들여다보지도 못하고
어두운 감옥 안에 있다.
지금 당신은
휘몰아치는 빗소리도
거칠게 불어대는 바람 소리도
들리지 않는 감옥에 있다
어두움 속에 머무는
냉기의 무게 속에
여윈 몸을 뉘고 있다.

지금 당신은
감고 있는 눈동자 안에
푸른 하늘이 펼쳐져 있는가
깊은 하늘을 들여다보았는가.
누운 가슴 안에
휘몰아치는 빗소리

거칠게 불어대는 바람소리가
울리고 있는가

어둡고 깊은 하늘에서
휘몰아치며 내리는 권력의 비
거칠게 불어대는 탄압의 바람이
한줌이 되어
지금 당신이 있는
어두운 감옥을 엄습한다
어둠 속에 떠도는
냉기의 무게 속에 숨어
당신의 영혼을 엄습한다.

지금 당신은
옥중 벽에
자신의 숨을 내쉰다.
온기가 있는 당신의 숨을,
캄캄한 어두움에 감돌고 있는 것에
냉기의 그림자에 숨어 있는 자에게
당신은
온기 있는 자신의 숨을 토해내고 있겠지.

고향의 강에 부쳐

고향의 강이여
흘러라
아직 보지 못한 고향의 하늘빛을 비추고
산맥에 울림을 메아리치며
흘러가는 강이여

지금
묵묵히 흘러가는
수면에
무엇이 비치고 무엇이 울리고
무엇이 머물고 있을까

조국의 정전停戰을
평화를 간절히 원하는
어른의 아이의
아기를 안은 여자들의
고통스러운 모습일까

교만한 군화로
카빈총을 들고
붉은 꽃이라는 꽃
인간의 마음이라는 마음을

짓밟고 범하는 자의 모습일까

수목을 깔아뭉개고
둘러쳐진 철조망이
논밭을 망가트리며
지프차가 질주하는 하얀 도맥道脈을
비추고 있을까

고향의 강
고향의 물결이여
지금 들려오는
그 총성은
오오 그 울부짖음은—

불놀이를 좋아하는 놈들의
총살형 작업이겠지—
산과 마을과 거리를
잿빛으로 바꾸어 가는
총성인 것이다

그리고 조선 방방곡곡에서
들려오는 울부짖음이며

남편을 아이를 빼앗긴
아내와 어머니들의
저주의 울음소리인 것이다

고향의 강이여
물결의 역풍을 타고
흘러오는 냄새
그것은 무슨 냄새일까

순난자들의
알코올로 태워진
장미의 냄새일까
아름다운 영혼의
노여움과 슬픔에 타버린 냄새일까

고향의 강이여
물결을 디젤로
숨기려 해서는 안 된다
비행기로 상처 입은
하늘의 색을 비춰서는 안 된다

네이팜탄1)으로

잿빛으로 변해버린
산을 논밭을 거리를
숨기고
비춰서는 안 된다

고향의 강이여
너의 강바닥에
그 울부짖음도
총성도
진동하는 화약 냄새도
젊은 사람 한 방울의 혈액도
깊이 침전하여
찔러 넣은 채로
노여움을 담아
분류하는 것이다
분노를 담아
모든 것에 답하는 것이다

조선의 완전 정전을 염원하며

---

1) 네이팜 폭탄을 일컫는 말로, 네이팜에 휘발유 따위를 섞어 만든 유지
소이탄을 칭함.

모자의 노래

시집올 때
함께 온 파란색 모자여.

한번 강한 바람소리를 들은 이후
어둠 속에서 나프탈렌과 지내는 모자여

너는
어린 신부의 머리카락 냄새를 맡지 마라

너는
어린 신부의 즐거움을 알지 마라

너는
바람에 스치는 기쁨을 노래하지 마라

너는
다시 떠오르는 태양 빛을 사모하지 마라

너는
자유로운 대기의 공기를 마시려 하지 마라

너는

아름답게 날아오르는 모든 것을 보지 마라

너는
시집 올 때 모자인 것을 잊어버릴 때

너는 그때
참된 바람의 향기를 알 것이다

너는 그때
이 세상 모든 것을 색별할 수 있을 것이다

너는 그때
목청껏 자신의 노래를 부를 수 있을 것이다

너는 그때
바람의 소리보다 큰 소리로 노래를 부를 수 있을 것이다

너는 그때
자신의 모습도 신부의 마음도 알 수 있을 것이다

시집 올 때
같이 온 파란색 털실 모자여

나프탈렌 냄새 속에서
자 각오는 되었는가 ─

노동복의 노래

이정자

아프더라도 꾹 참으렴,
내 손 안의 노동복이여.
내가 너의 천을
산뜻한 옷으로 만들어 주겠다
두들기고 주물러서
깨끗한 물로 빨아 줄테다.
　비로소 너는
　봄 햇살을
　한껏 들이 마시게 될 것이다
　너의 냄새와
　물기를
　어서 빨리 말려버리렴

나의 사랑하는 노동복이여.
찢기는 것 따위는 신경 쓰지 않아도 좋다
꾹 참고 기다리렴
내가 너의 천을
새로운 강함으로 만들어 줄테다.
　누덕누덕 기운
　너이지만

그 누구도 개의치 말고
노래를 부르며 일하라
그 어떤 기름기라도
그 어떤 공기 속에서도

내 손 안의 노동복이여.
너는
나의 혼을 들이 마시고
나의 노래를 들으며
다시 재단된
살아있는 노동복.

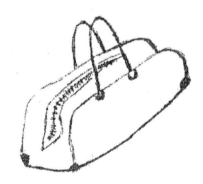

[기증 감사]

★노동자 연극 9, 10월호(오사카시 나니와구浪速区 사카에쵸
　栄町 문화회관 내　간사이関西 노동자 연극집단)

★동지仲間 13호(기류시桐生市 덴진쵸天神町 잇쵸메一丁目 군마
　대학 공학부 문예서클群馬大学工学部文芸サークル)

★군군 3・4호 (교토시京都市 후시미쿠伏見区 후카쿠사쿄쿠마
　에深草局前 미야타宮田 《군군》 시인집단

★시궁창どぶ川 3호 (오사카시大阪市 도시마구都島区 우친다이
　쵸内代町 2-147 오리우치 다케시堀内武 시궁창 서클どぶ川
　サークル)

★보리피리むぎ笛 10・11호 (와카야마시和歌山市 마사고쵸真砂
　町 와카야마대학학예학부和歌山大学学芸学部 내 보리피리회む
　ぎ笛の会)

★생활과 문학生活と文學 창간호 (도쿄도東京都 신주쿠쿠新宿区
　니시오쿠보西大久保 1-425신일본문학회新日本文學会)

★현대現代 창간호(오사카시 히가시스미요시쿠東住吉区 야타쵸
　矢田町 야타베矢田部 882-4 스도須藤 현대회現代の会)

★성좌군 3호 (와카야마현和歌山県 아리타군有田郡 아리타쵸
　有田町 미노시마箕島 미노시마조선소학교 내 와카야마조선
　인교직원동맹)

★숨결いぶき 10호 (오사카시 기타구北区 다카가키쵸高垣町 70
　오사카총평 내 오사카문학학교)

★사리사조선소학교 오학년 작품집 제2집

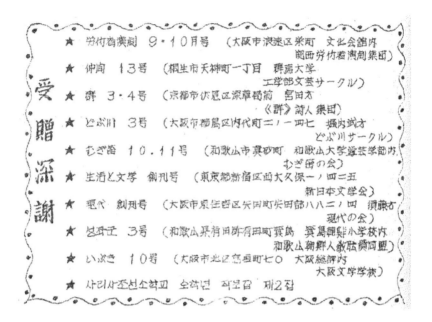

이정자 작품 노트

홍종근

이번 이정자 작품특집을 기획하면서 편집부로부터 여러 작품을 건네받았다.

스무 살이라고 하기엔 너무나 거친 이 손
매일 쉬지 않고 일해 온
두툼하고 짤막한 손
나이답지 않게 이 어인 주름투성이란 말인가

거칠거칠한 이 손도
중요한 일에 여념 없이
일하고 일하여도
서툰 나의 손
윤기도 보드라움도 없지만
예쁘고 소중한 노동자의 손이여

언젠가, 그 사람과 악수하려 했을 때
나도 모르게 끌어 잡았던 그 손
동지와
면회 가서 "용기 잃지 말게나"라며
굳은 악수를 한 것도 이 손

「손 - 이정자」

이 작품을 쓴 것은 47, 8년 무렵이었던 것 같다. 습작시집
에 수록되어 있던 작품으로 그녀가 초기에 쓴 것이다. 단어
가 조잡하고 소박하지만 감동을 그대로 시에 담아내고 있
다.

> 아이를 들쳐 업고
> 젖먹이를 품에 안고
> 궁색한 얼굴, 얼굴
> 그 주부들은
> 불법으로
> 조련을 해산 당하여
> 사무소를 접수당하지 않겠다고
> 여성동맹 사무소를
> 지켜내려고
> 모여든 주부들
> 굳게 믿었던 민청, 조련의 해산은
> 당장 내일의 생활을 위협한다
> 피와 땀으로 지탱해 온
> 동맹 집단에 끌리어
> 불안과 노여움이
> 그녀들을 이렇듯
> 씩씩하게 만들었다

「씩씩한 주부들」

이 작품도 그렇지만 이 무렵 쓰인 작품은 모두 이정자가
일상생활 속에서 본 것이나 들은 것을 소박하게 노래한 것

이다. 그녀는 여러 대중적인 활동 속에 자신의 생활을 용해
시켜 목격한 현실이 시에 충만하며 또한 거기에 그녀의 시
의 현실이 있는 것이다.

그러한 감동으로 가득 찬 현실에 비해 그녀의 말은 빈약
하다. 시라기 보다 사상事象을 설명하는 데에 그치고 있다.
이정자는 요즘 들어 많은 시를 쓰고 있다. 진달래 5호에 게
재한「삐라 붙이기」도 요즘 쓴 것인데, 그녀의 내부에 있
는 다양한 현실이 있는 그대로 투영되어 시로 연소되기 전
에 토해내 버리고 있다.

> 약한 눈물로 움츠려든 가슴을
> 쭉 펼 수 있도록
> 바싹 마른 눈동자는
> 6월의 하늘을 향해 미소 짓고
> 그리고 혁명의 길을
> 올바른 역사의 길을 걷는 것입니다

'혁명' 이라든가 '역사' 라든가 하는 말을 이렇듯 막연하
게 추상적으로 사용하는 것은 서클 시인 가운데 많지만, 이
정자도 그러한 경향이 없지 않다. 도대체 현실 변혁에 대한
문제를 이런 식으로 얼버무린다면 연소도가 높은 시라기보
다 연약한 목소리에 지나지 않는다고 생각한다.

그런데 이러한 작품들은 어디까지나 초기에 속하는 것으
로 그녀는 마침내 소박한 감동의 재현에서 연소도 높은 시
의 형태로 노력을 기울이지 않으면 안 되었다.

이러한 노력의 중심이 되었던 것은『진달래』에 참여하면
서 부터일 것이다. 처음 발표했던「옥중 벗에게」에서는 초

기작품과 달리 언어가 잘 연마되어 본 대로 느낀 대로 말하
고 생각하려는 의지를 읽을 수 있었다. 여기에 그녀 자신의
리듬의 출발이 시작되었다. 그런데 이 작품은 현실에서 받
은 감동이라기보다 상상에 너무 기대어 그만큼 읽는 이들의
감동을 약화시킨다.

　발상법이 상상에서 출발했다고 해서 나쁠 건 없지만, 이
미지에 더욱 현실감을 실어줄 필요가 있지 않을까…….

　　　지금 당신은
　　　일본의 어딘가의 감옥에 있다
　　　지금 당신은
　　　차가운 벽에 둘러싸여
　　　어두운 마루 위에 앉아 있다

　　　———————————

　일본의 어딘가의 감옥에 있다 ─ 이 문장은 어딘가 일반
적인 것으로 흘러 버려 이 때문에 신음하고 있는 당신의 모
습까지 현실성을 잃고 말았다. 이 어딘가의 감옥의 이름을
명확하게 드러냈다면 여기서 노래한 감옥에 있는 벗의 모습
도 한층 생동감 있게 묘사되었을 것이다. 여기서 문제가 되
는 것은 발상법을 상상에서 출발시켰을 때, 현실에 있는 소
재를 어떻게 다룰 것인가 하는 것이다.

　　　———————————

　　　고향의 강이여
　　　물결의 역풍을 타고

흘러오는 냄새
그것은 무슨 냄새일까

순난자들의
알코올로 태워진
장미의 냄새일까
아름다운 영혼의
노여움과 슬픔에 타버린 냄새일까

고향의 강이여
물결을 디젤로
숨기려 해서는 안 된다
비행기로 상처 입은
하늘의 색을 비춰서는 안 된다

네이팜탄으로
잿빛으로 변해버린
산을 논밭을 거리를
숨기고
비춰서는 안 된다

고향의 강이여
너의 강바닥에
그 울부짖음도
총성도
진동하는 화약 냄새도
젊은 사람 한 방울의 혈액도

깊이 침전하여
찔러 넣은 채로
노여움을 담아
분류하는 것이다
분노를 담아
모든 것에 답하는 것이다

「고향의 강에 부쳐」

이 작품도 같은 시기이며, 발상법까지「옥중 벗에게」와
유사한 방법으로 쓴 작품인데,

고향의 강이여
흘러라
아직 보이지 않는 고향의 하늘의 색을 비추고
산맥에 울림을 메아리치며
흘러가는 강이여

이상의 문단에서 알 수 있듯, 작자는 그 고향의 강을 본
적이 없는 강으로 노래하고 있다. 거기다 그 고향의 강이
대동강인지, 압록강인지 그것도 분명하지 않다. 아마도 이
강은 작자의 내부에 흐르는 강일 것이다. 따라서 이 작자는
작자가 희구하는 현실로, 그런 점에서 사상의 출발은 있겠
지만, 현실에 존재해야할 강의 모습을 과학적으로 추구하지
않은 탓에 현실성이 결여된 고향의 강이 되어 버렸다.
이러한 발상법과 소재의 처리법은 그녀만이 아니다. 진달
래 창간호 건군절建軍節 특집호에 실린 작품에도 많았다. 즉

작자의 내부에 있는 시로 표현하려는 마음이 현실로 연소되기 전에 사상이 홀로 전면에 돌출되어 나와 버린 것이다. 이정자의 경우는, 초기작품이 현실 작자가 연소되기 전, 현실의 투영만이 토로되어, 진달래에 참여하고부터는 오히려 작자의 내부에 있는 사상이 현실과 다 연소하지 못하고 억눌려 버린 것이다.

"「모자의 노래」 이후, 작품에 어떠한 성장도 보이지 않는 것은 물론, 스스로도 내 작품을 읽지 않을 정도로 진부한 것들뿐입니다. 육체적, 정신적 병은 말할 것도 없고, 지금의 내 생활 자체가 잘못된 것은 아닐까 하는 생각이 듭니다. 현재의 생활 속에서 나오는 시! 작금의 생활 관념에서 창작되는 시! 그것은 도무지 발표할만한 내용은 아닙니다. 그것은 보잘 것 없고 시시한 것이라 생각되며, 그렇다고 해서 생활 이전의 아름다운 생각만으로는 도무지 창작이 되질 않습니다. 요컨대 지금 나는 정말 시를 쓰기에는 얕고, 좁고 그리고 공부가 부족한 것이겠죠. 그럼에도 나는 마음 어딘가에 시정詩情이라고 할까요, 시에 대한 생각을 떨쳐버릴 수 없는 것이 흐르고 있습니다." 이 편지는 이정자가 최근 편집부 앞으로 보내온 글이다. 「모자의 노래」는 이정자가 결혼한 직후에 쓴 작품으로 진달래 6호에 발표하였다. 이 작품은 젊은 새댁이 된 그녀 자신을 노래한 것인데 그녀는 여기서 처녀시절과 다른 새로운 현실생활 속에 놓이게 될 여자의 위치에 대해 이야기 하고 있다. 마지막 절인 ─나프탈렌의 냄새 속에서 자 각오는 되었는가 ─, 이것은 그녀가 그 이후 노래하지 않으면 안 되는 현실이기도 했을 것이다.

진달래 7호에 발표한 「노동복의 노래」와 함께 그녀와 그리고 남편에 대한 애정을 아내만 느낄 수 있는 기쁨으로 노래하고 있는 것이다.

> 남편이 사다 준
> 사과 두 개
> 동글고
> 빨간 사과.
> 살짝 손바닥으로
> 둥글게 쓰다듬어 보았다
> 달아오른 뺨으로
> 홍색을 대보았다.
> 껍질을 벗겨 버리기에는
> 아까운 느낌이 든다
>   큰 맘 먹고…….
> 새콤달콤한 맛이
> 눈 속까지 스며든다.

(「사과」 『진달래』 11호)

　이정자는 편집부 앞으로 보낸 편지 속에 "「모자의 노래」 이후, 작품에 어떠한 성장도 보이지 않는 것은 물론, 스스로도 내 작품을 읽지 않을 정도로 진부한 것들뿐입니다."라고 말하고 있지만, 나는 거꾸로 「모자의 노래」 이후의 작품에서 새로운 그녀의 리듬을 느꼈다. 그녀는 현 생활에서 나오는 시를 보잘 것 없고 시시하다고 쓰고 있지만, 바로 현실이 보잘 것 없고 시시하기 때문에 현실 변혁의 문제가 있는 것이며, 새로운 시가 나와야 하는 것입니다. 그녀가 새로운 생각만으로는 도저히 창작이 되지 않는다는 말에 전적으로 동감하며, 여기서 말하는 아름다운 생각이 「옥중 벗에게」나 「고향의 강에 부쳐」의 발상법을 지칭하는 것이라면, 그녀의 그것은 감상感傷이며, 현실과 다 연소하지 못한 사상만으로는 시를 쓸 수 없다는 점을 강조하지 않을 수 없다. 나는 「모자의 노래」이후의 작품에 바로 그녀의 생활이 녹아나 있다고 생각한다. 현실의 소재가 이처럼 그녀 자신의 것이 되어 노래하게 되었을 때, 리듬은 그녀 자신의 것이 되는 것이다. 서클 시인들이 이러한 장에 서야만 오늘날 그 운동의 확신이 주시되는 것이다. 보잘 것 없는 것을 보잘 것 없는 것으로 노래하기 시작해야 금후의 이정자의 비약이 약속되는 것임에 틀림없다. 오히려 지금까지의 작품은 너무 아름다웠다.

지금까지 이정자가 걸어온 길은 세 단계로 나눌 수 있다. 하나는 현실에서 받은 감동을 소박하게 노래한 시기, 그 다음은 진달래에 속하여 시를 하나의 학문으로 다루기 시작한 시기, 그리고 결혼 후 그녀 자신의 리듬을 갖게 된 시기로 나누어 볼 수 있다.

그녀는 지금 가장 큰 벽에 부딪힌 것에 틀림없다. 그것은 그녀의 편지에 나타나 있는 것처럼, 여기서 제기하고 있는 문제는 그녀 자신의 창작방법상의 문제이며, 나는 반드시 그녀가 두 개의 문제를 해결할 것으로 확신한다. 왜냐하면 그녀 자신은 이미 보잘 것 없고 시시하다는 것을 의식하고 있으며, 그녀는 또 시에 대한 생각을 불식시키지 못한다는 것을 알고 있기 때문이다.

주부의 위치에서 시를 써가고 있는 그녀에게 나는 마음으로부터 박수를 보낸다. 서클 시인들 중에 주부가 되면서 잡일에 떠밀려 시를 쓸 수 없게 되었다는 이야기를 자주 듣지

만, 잡일에 떠밀리면서도 시를 계속해서 쓰고 있는 이정자
의 확고한 정신을 나는 믿고 싶다.

　마지막으로 오사카에 거주하는 조선인 주부를 위하여 앞
으로도 건필을 발휘해 주기를 바라마지 않는다.

[작품 1]

허수아비의 청춘

권동택

파란 하늘로 기지개를 켜는
허수아비의 청춘은 자신만만하다
활에 살을 장전하고
상쾌한 공간을 노린다

대단히 마음씨 좋은 사람을 발견한 듯……
벼이삭은 허수아비를 간지럽힌다
찢어진 밀짚모자에서
천진난만한 자들이 웃어젖히며 뛰어 올랐다
허수아비의 사랑은 벼이삭이 부채질 한다
눈부신 태양에 빛나는 바람개비
그것은 사막에 헐떡이는 총검의 번쩍임과 닮아 있다
사랑하는 허수아비는 현기증으로
찢어진 셔츠를 벗어 던지고
허수아비의 그리움은 바람이 전한다

허수아비의 사랑은 바람의 사랑
허수아비의 노래는 바람의 노래

가을의 벼이삭은 사랑에 몸부림치는 금발이다
　　까마귀의 노래에 부서지는 파도
　　빛의 노래에 물결치는 파도
　　허수아비의 사랑에 불타는 파도
　　타버리고 타버려 겨울은 가까이에

금발이 잘리어져 다발로 묶여지자
허수아비는 어기영차 뽑혀버린다
이미 그 활끈은 끊어져 있었지만
화살만은 강하게 쥐고 놓지 않았다

벼이삭 위로 허수아비는 포개어져
결실의 계절 가을 스타에게 불이 붙여졌다
타오르는 불길 속에서 나는 보았다
불덩어리 같은 허수아비의 사랑을 탁탁 소리를 내며 불타오르는
허수아비의 사랑을

자살자가 있던 아침

조삼룡

거적을 젖히자
부릅뜬 눈의, 퍼진 동공에
시들은 벚꽃 잎이 비치고
사발 군용기의 그림자가 스쳐지나갔다.
검푸르게 축 늘어진 목.
경직된 다리에 들러붙은
흙투성이 버선.
"왜 죽은 거야"라며, 외치고
"왜—"라며 수근 댔지만
굳게 닫힌 입은 열릴 줄을 몰랐다.

안주머니에 손을 찔러 넣어
외국인등록증과 취로就勞 수첩을 꺼내었다.
취로 일수, 10일.
3일 전,
"오늘도 일이 없군—"
라며 힘없는 소리로 말했는데
더 이상 견디지 못했단 말인가!

'징용으로 끌려 와
종전으로 내팽개쳐져
막노동으로 살아왔지만
더 살지 못하고
여기에 너의 심장은 고동을 멈추었다'

자, 이것으로 끝이다
너의 죽음 따위 상관하지 않겠다

수많은 군중이 무리지어 있다.
빛나는 내일에 대해 말하고 있지만
오늘의 고통을 인내하는 방법에 대해
말하는 자는 한명도 없다.

빽빽하게 들어선 굴뚝들이 내뿜는 매연
시시각각 하늘의 푸르름을 지워 간다.
시야에 들어오는 모든 대도시의 집들은
지금 잿빛에 감춰지려 하고 있다.
감상 따위로 속도를 늦춰서는 안 된다
저 굴뚝 무리의 하나,
아직 연기를 내뿜지 않는 녀석 아래로
서둘러야겠다.
벌써 8시가 넘었다.

삶의 기록

박실

이 사람들에게 사계는 없다.
이 사람들에게 계절이 돌아 온 적은 없다.

낙엽이 불어오는 역 계단,
차가운 벽에 이마를 댄 채로
그 부인은 움직이지 않는 것이다.

등과 어깨와 목에 들러붙은 쌀은
서 말쯤 될까 — 나의 시야를 메우며
조각상처럼 움직이지 않는다.

차에서 내린 한 무리의 발자국 소리가
그녀를 홀로 남겨두고 멀어진 후
서서히 몸을 다시 일으킨 그 이마에
하염없이 흐르는 땀을 보았다.

입술은 앙다물고.
땀은 흐르는 대로 뚝뚝 떨어져.
한 계단 다시 한 계단 다리에 힘을 주어 내
려가는 것이다.
  "저 사거리마다 수갑이 숨겨져 있는 것은 아닐까"

아아, 그 땀방울에서
마늘 냄새를 나는 맡을 수 있다!

한 해가 저물고 한 해가 밝아도
육신을 씻고 땀을 짜내는 삶.
이 사람들에게 사계는 없다.

　"수갑이라는 법 이전에
　　자연의 법을 보장하라.
　　　고상하고 멋스러운 계절
　　　　안식의 달을 보장하라."

　낙엽이 휘몰아치는 역의 계단,
　부인은 명확한 발걸음으로 내려간다.
　조각상의 움직임 뒤에는
　주먹크기의 얼룩이 벽에 새겨져 있다.

신천지의 아침

김연봉

굽이 망가진 고무신.
갈색 몸뻬.
엉덩이에 커다란 기운 자국이 있다.
군데군데 찢어진 깃 없는 교복.
어깨에 숯가마니를 짊어지고 있다.
때 묻은 수건.
그 속에 흰머리 많은 머리카락이 들여다보인다.
쓰레기통.
그 속을 뒤적이고 있다.
축 늘어진 버드나무 가지.
잎 끝이 어깨를 간질이고 있다.
옆에 서 있는 등롱燈籠.
기둥의 붉은 빛이 선명하다.
하늘은 드넓고.
태양의 옅은 광선에.
엷은 쥐색의 구름은.
어렴풋이 빛나는 듯하다.

아침.
활동개시 전 도시의 조용한 아침.

버선을 통해 냉기가.

손끝을 아프게 저민다.

추운 아침.

나는 공장의 이른 출근을 서두르는 중.

숯가마니를 어깨에 짊어졌다.

뺨이 그을린 옆모습.

"앗!" 순간 나는 눈을 돌렸다.

기워 입은 몸뻬는 이웃 할머니였다.

'왜 눈을 돌린 것일까.'

'왜?'

'왜 피해가려 하는 것일까?'

'본능적으로 외면한 것일까?'

'저 할머니를 모르는가?'

'그렇지 않으면, 넝마주의가 아는 사람이라는 것이 부끄러운 것일까!?'

'……'

'……'

"안녕하세요."

"오ー어데가는길이야(원문ー한국어)"

"공장에요."

60을 넘긴 할머니.

이마의 깊은 주름에 먼지가 검게 쌓여 있었다.

울려라 텐 카운트十点鐘

김평림

히로시마의 하늘에서
지금도 여전히 텐 카운트가,
한없는 증오와 비애를 담아,
전쟁의 비참함을.
사람들의 가슴 속 깊이 새겨 넣듯이
격하게 통곡하고 있다.

그런데
오늘도 다시,
코발트 하늘의 저편에서
죽음의 얼굴이 불쑥 내밀고 있다.
그 등 뒤에
20세기 광인들의
득의양양한 높은 웃음소리가
자유의 여신을 세차게 날려버리고
피비린내 나는 숨소리를
기분 나쁘게 울려 퍼지고 있다.

나는 들었다.
악마의 독니毒牙에 깊게 상처받은

소녀들의 오열을.
한 사람의 인간으로서,
한 사람의 어머니로서의,
살아가는 행복을 빼앗기고
절망과 불안의 나락에 떨어진
'원폭 소녀'의
눈물로 호소하는 소원을
나는 들었다.

피에 굶주린 광인들이여
아무리 당신들이
아름다운 베일로 장식한다 해도
물든
몇 천만의 희생자들의
선혈의 반점을 간과하지는 못한다.

우리의 거리를
우리의 산하를
당신의 조국을
당신들의 비만을 위하여
형제들의 피로 물든 군화로 다시 더럽혀지는 것을,
용서하지 못한다.

보라
노여움에 불탄 불꽃 덩어리를
하나의 거대한 탄환이 되어
반드시 당신들을 때려 부술 것이다
당신들이 존재하는 한

히로시마의 하늘에서
지금도 여전히 텐 카운트가
한없는 증오와 비애를 담아,
전쟁의 비참함을.
사람들의 가슴 속 깊이 새겨지도록
격하게 통곡하고 있다.

나의 꿈

한광제

맘보
맘보 스타일
인조 진주의 여자와 인조견의 남자들을 보고 있자니
이것도 덧없는 세상의 한부분이 아닐까 하는 생각이 든다.
무엇이 덧없더냐.
내가 아는 덧없는 세상은 이런 것이 아니다.
아무리……쭈글쭈글한 늙은 여자의 사랑이라도
그건, 아니다!
회오리바람처럼 맹렬하게 솟아오르는 애정
거기에는, 소녀의 향기가 물씬 풍기고 있다
돈……?
그런 무정한 곳은 아닙니다
예수 그리스도를 아십니까?
그래요 그 넓은 사랑 말입니다
그런 사람들만 있는 걸요
돈……
그 따위는, 엿이나 먹어라!

실루엣

송익준

진공真空을
검은별이 ●●●흐른 밤

공간에 떠오른 하나의 실루엣 안에
어둡고 무거운 기류가
서울 하늘에 소용돌이 치고
땅 밑에는 불로 태워진
많은 순난자의 얼굴이 우글거리고 있다.
안구는 적출되고
눈물은 마르고
조국을
바라보는 것도 불가능해진 얼굴.

콧날은 베어져
내뱉는 숨은 검으며
조국의
냄새도 맡지 못하게 된 얼굴.

구강口腔은 찢기어
침묵을 강요당하고

조국을
향하여 외치지도 못하게 된 얼굴.

얼굴 · 얼굴 · 얼굴은
검은 그림자의 덫에 걸려
―드러나지 않는 모습으로
하나의 조국을 향하여 정처 없이 떠돌며
무거운 경계석에 깔려
증오의 인광을 내뿜고

―소리 없는 소리가 되어
하나의 조국을 돌려달라고
암흑의 경계선에 매달려
소리를 맞춰 외치고 있다.

서울 남조선 수도(9월 19일)

오사카 한 모퉁이에서

강청자

여기는 간사이關西 한 모퉁이.
오늘 아침에 또 그곳에서 역사자轢死者가 나왔다.
역사자가 발생한 선로를 따라
굵은 나무말뚝이 박혀 있고
작은 신사까지 들어선지 얼마 되지 않았건만-
이 구석에 이름 모를 노란 꽃이
만개하여 흐드러지게 피었을 무렵
대여섯 명의 경관에 의해
강제로 떠나야 했던
그 넝마생활을 하던 그 사람들은
지금 어디에 터전을 잡았을까.
노란 꽃도
어느덧 모두 시들어 버렸다
이 한 구석에 잠시 멈추어 서서
오늘 아침 무참하게 죽음을 택한
노동자 차림의 남자의 일이나
그리고 이 구석에서 떠나간
그 사람들의 초라한 생활의 영위를
때려 부순 자들에 대한 노여움이……
싸늘하게 식은 땅거미 속에서

친했던 사람과 헤어지기라도 한 것처럼
형언하지 못할 허전함이 복받쳐 온다.

[시 2편]

권경택

한낮의 강에서

방조제에 남자가 무릎을 꿇고
녹슨 쇠사슬 끝에 벽돌을 동여매고 있다
더 이상 쓸모없어
늙은 개를 버리려는 것이다

남자는 개를 가슴에 안고
휘파람을 불며 걸어 간다
개의 목덜미를 쓰다듬으며
걸음을 멈추지 않고
말없이 격한 동작으로
개를 강에 쳐 넣었다

물거품을 일으키며
파문은 퍼지고
개는 수면 아래로 가라앉았다

물 깊은 곳에서
새로운 파문이 일고
개는 떠올랐다

고통스럽게 발버둥쳐
동여맨 벽돌이 빠진 것이다

앞발로 수면을 차며
기어오르려 하지만
안벽에 발톱이 닿지 않는다
남자를 올려다보며
물거품을 일으킬 뿐이다

남자는 말없이 내려다보고 있다

구해주지 않을 것을 알고

개는 안벽을 따라
백 미터 쯤 떨어진 곳에
갈대가 무성한 쪽으로 방향을 틀어 헤엄치기 시작했다

남자는 그곳을 떠나지 않고
휘파람을 불며 개를 부른다
개는 휘파람을 듣자
방향을 바꿔
남자가 서 있는 곳으로 되돌아 왔다

종종대며 어리광을 부린다
강 표면에 이상한 파문이 일고 있는 것은
수면 아래에서 꼬리를 흔들고 있기 때문이다

남자는 손을 내밀어
이리 오라고 한다
구해줄 것 같지 않다

다시 갈대가 무성한 곳을 향해 헤엄치기 시작하자
남자는 전보다 강하게 휘파람을 분다

개는 더 이상 되돌아오지 않는다

귤껍질과
끈 떨어진 게타下駄가 흘러가는 강의 흐름을 거슬러
헤엄치고 있다

남자는 빠른 걸음으로 달려 가
양손에 벽돌을 쥐었다

팔을 돌려 탄력을 붙여
헤엄치고 있는 개의 머리 위에

힘껏 내던졌다
심장이 찢어지는 듯한 외마디를 남기고
개는 가라앉았다
다시
조용한 수면으로 떠오르자
소리도 없이
건너편으로 헤엄쳐 갔다

개는 힘의 균형을 잡지 못하는지
똑바로 헤엄치지 못한다
커다란 원을 그리며 헤엄치고 있다
점점 원을 좁혀가며 헤엄치고 있다
원이 좁아짐에 따라 수면에 내놓은 머리가 조금씩 가라앉아
간다

같은 곳에서
콧등만
빙글빙글 돌고 있다

마침내 콧등도 보이지 않게 되었다

수면 아래에서 발버둥치고 있겠지

수면이 부글부글 물결을 일으키고 있다
수면에 굴뚝 그림자가 드리워져 있다

남자는 일어나 걷기 시작했다

낙서장에서

셀 수 있을 만큼의 돈다발이 있다면
왜 왜 울겠는가 울게 내버려 둡시다

당신
이제 앞으로 어쩔 셈이오
흙과 먼지가 되려 하는가
그렇지 않으면 그렇지 않으면
빛과 불꽃이 되려 하는가

자네 자네 이 연필로 써 보시오
싫소
짧아도 내 연필로 쓸거요
닳아빠진 손에 익은 녀석으로

햇님이여
안녕히

이제부터 땅 속으로 숨을 것이오
어둡고 차가운 곳에서 괴로워 할 것이오.
힘내겠소.
싸우겠소.
봄이 되면

잊지 말고 보러 오게나
아름다운 꽃을 피우고
기다리고 있을 테니.

너는 대체 무엇이더냐
달인가 별의 요정인가
바보 같은 녀석
마지막 순간을 피하지 마시오
궁지에 빠지시오

어서 들게나
빨리 먹지 않으면 식어버린다네
그냥 놔두면 상해버린다네

강 하구는 지금도 엉엉 울고 있다.

김탁촌

강어귀의 바다가 진흙으로 더러워져
엉엉하고 울고 있던 날이었다.
붉게 녹슨 어촌의 지붕이
바닷바람 속에서 아직도
공포에 떨고 있었다.
미쳐 외치는 소리를 제압하고 폭풍은
아직 미련이 남은 듯
불만을 그 떫은 얼굴에 드러내고
언제인가의 기억 속에서
끊임없이 혀를 날름거리고 있었다.

때마침 푸르른 눈을 뜨고
애교 있는 웃음을 지어 보였지만
그을린 은색의 피부는
주검에 닿은 듯 차가왔다.

머나먼 수평선 위에서는
시코쿠四國의 섬이 희뿌옇게
파도에 실려 춤추고 있다.

강 상류 초원에 앉아
농부 부자가 쉬고 있었다.
엉엉 우는 강어귀를 바라보며
연거푸 고개를 끄덕이고 있었다.

어제의 일처럼
집과 밭과 그리고
어른과 아이 인간들이 떴다 가라앉았다 하며
떠내려간 일을 생각하고 있었다.

자동차 내구耐久 레이스

정인

프랑스 르망 거리
자동차 내구 레이스가 한창이다.
초침 사이를 빠져 나가
챔피언으로 떠오르는 자동차는
이미 독립된 의지다.
유럽의 25만 관중을 지배하는 것에 만족하지 않고
일본 관객의 눈을 빼앗고
입을 빼앗고
나까지 지배하려 한다.

1955년 6월의 영화관에서
유동감은
선명하게 나를 남겨두고
골을 향해 돌진한다.
재규어에 오스틴 그리고 메르세데스.
이제 나는
뉴스영화를 바라보고 있는 것이 아니다.

돌연.
화면 가득

클로즈업된 메르세데스가
오스틴에 부딪혀

기울어진 채 내달려 화면을 부순다.
내 눈에
불이 붙은 것이다.
부식해 있던 뇌는 위장에 박혔음에 틀림없다.
경기 도중의
비참한 광경.
초여름 태양은
태고의 모습 그대로 시체를 비추고 있다.
신음소리가 중첩되어
나는 나의 황폐한 거리를 듣고 있었다.

하지만 이내 재개
  '기록'이 무슨 증거가 된단 말인가.
비상非常의 유동감은
휘익 하고 날아간다. 날아간다.

마치 유성과 같다.

[시 2편]

이광자

오사카시립大阪市立 니시이마자토西今里 중학교 2학년

얼굴

물에 얼굴이 비쳤다
　　돌을 던졌다
커다란 물결이 일었다
　　얼굴이 일그러졌다
물결 속에 물방울이 생겼다
　　동그랗게 돌아간다
얼굴도 물방울 속으로 들어갔다
　　또 물결에 밀려
사라져 버렸다.

그림

그림을 그렸다
　　　모든 것을 잊고 붓 하나로
이 붓이 새로운
　　세계로 인도한다.

죽순

부정대

나는 깊고 깊은 그리고 단단한 땅을
매일 파헤쳤다
조금만 더하면 외계로 통한다고 하는 곳에
커다란 돌이
그것은 내 머리 바로 위
그 돌을 내 힘으로는 어떻게
할 수도 없다
그래서 나는 내 몸을 젖혀
돌과 땅 사이에서
외계로 나가는 것을 생각해 냈다.
그리고 또, 죽을힘을 다해 파헤쳤다.
돌의 무게로 땅은 굉장히 단단하고
몸도 점점 지쳐갔지만
여기에서 쓰러지면 안 된다고
마음을 새롭게 다지며 일을 계속했다
며칠인가 지나자 머리가 조금씩
가벼워졌다
그리고 잠시 지나자
이제 방해물은 완전히 없어졌다
점점 주위가 보이기

시작했다
앗 바로 옆에, 그리고 저쪽에
이쪽에도 친구가 기다리고 있었다.
갖가지 풀과 나무 친구들도, 여기는
매우 조용한, 그리고
아름답고 평화로운 골짜기였다.

「낙서장」에서

이구삼

 원고마감이 내일이라는 다급한 상황에서 「낙서장」을 뒤엎어 정신이 없다. 매번 있는 일이지만 나의 이러한 나쁜 습관에는 나도 질려있다. 고의가 아니라면 그뿐이지만 이것도 계획성이 없는 나라는 인간의 가장 약한 일면을 자기폭로한 것이라고 생각해 주기를 바라며, 늦었지만 이 짧은 글을 하나의 반성의 도구로 앞으로 진달래의 동료들과 예전처럼 어울려 지내고 싶다.

 각설하고 이야기 안으로 들어가 보자. 과연 그 이야기란 무엇인가?

 이야기를 좋아하는 아저씨들이 예전처럼 5, 6명 정도 모여들었다. 으레 끝도 없는 잡다한 이야기에 침을 튀긴다. 음담, 괴담, 때로는 황홀한 천국(?)으로도 이끈다. 그만큼 화제는 풍부하다. 그들이야말로 시인이고 명배우일지도 모른다. 여기에서 화제 하나.

 "저건 아프레게르2)(이렇게는 표현하지 않지만)의 전형이라구."

 "정말 그래. 그 맞은편 옆의 여자아이도 맘보인지 팜보인지 그렇대……"

---

2) '전후파'라는 뜻의 용어. 제1차 세계대전 후에 프랑스에서 일어난 기성 도덕과 규범에 얽매이지 않는 문학과 예술운동으로 일본에서는 제2차 세계대전 후 유행. 전전의 가치관과 권위가 완전히 붕괴되고 기존의 도덕관을 결여한 젊은이들의 범죄가 늘어 치안을 악화시켰으며 이러한 어두운 면을 포함하여 '아프레'라고 부르게 됨.

"그렇지. 요즘 또 차차인지 뭔지 하는 것이 유행한대."

"좀 나은 여자라고 하면 잘 팔려나가고, 인기 없는 여자라고 하면 결국 팔다 남은 것을 계산하는 셈이고……뭐가 뭔지 알 수 없게 됐어."

대충 이런 류의 말로 근처의 아가씨들과 젊은이들을 헐뜯는다.

이러한 것도 결혼적령기 아들을 둔 부모가 며느리를 찾는 태평한 이야기이니 어쩔 수 없다.

내가 잘 아는 올해 19세의 아가씨가 있는데, 이 아가씨로 말하면 유행가라는 유행가는 모르는 것이 없고, 어디 노래인지 내가 전혀 모르는 요상한 노래까지도 자유자재로 부르니 대단하다. 외모 치장도 잘하고 당당한 모습이 여걸형이다.

하지만

"오빠, 연애라는 건 어떻게 하는 거야?"

하고 물어오니 순진하다고 할까, 멍청하다고 할까, 내 얼굴이 새빨개져 버린다.

무슨 의견이라도 말하면,

"지금 안 놀면 손해야" 하고 말하면서 사람을 바보취급하듯 뾰로통해지기도 하고 쌀쌀맞다. 다른 사람의 의견은 전혀 필요 없다.

조금 전에 했던 중년아저씨들 같은 이야기도 아니고 그렇다고 해서 진지하지도 않은 화제의 대상은 아마도 이러한 타입을 가리켜 말한 것이 아닐까 생각된다.

그런데 어느 날 밤 우연한 만남에서 OO청년학원의 청년들과 이야기할 기회가 있었다. 요전에, 돌아가지 않는 혀로 모국어의 단어 하나하나를 가까스로 발음하면서도 공부(배우고자 하는 의욕)에 몰두하고 있는 공부방을 보여주었는데 뭐라 말할 수 없는 든든함을 느꼈다.

후에 내가 만난 사람은 이 중 세 명이었는데 청년학원에서 배운 모국어 단어를 지금은 부끄러워하지 않고 가정에서 응용할 수 있다고 했다. 그 중 한 사람은 일본어를 모르는 어머니에게 누군가를 통역으로 세우지 않으면 깊은 이야기는 할 수 없는 상황이라고 말하면서 앞으로 3개월 정도 지나면 이러한 불편도 해소할 자신이 있다고 힘주며 말했다.

또 한 여성은 "부모도 부모지만, 시집을 갔을 경우에도 국어의 일상용어 정도는 시어머니 앞에서 사용해야 하지 않을까……" 하고 조심스럽게 말하면서도 진지하게 미래를 생각하고 있는 일면을 엿보게 해 주었다. '……지금 안 놀면……' 하는 말과 이것은 얼마나 커다란 차이인가.

그 아저씨들은 이런 아가씨들도 있다는 것을 간과하고 있는 것은 아닐까?

[작품 Ⅱ]

어느 어머니의 마음을3)

김탁촌

죽은 나의 자식놈 이야기를 하지요,
장남은 해방되었다고 조국에 가드니
꼼짝 못하고 국방군에 끌려가고,
다음놈은 허늘수 있나요
집을 떠나 오사카大阪에 돈버리 나가고,
죽은 그놈은 귀여운 삼남이였지요,
　일본중학 삼학년생, 성적 보통,
　조선말은 전연 할줄 모르고
　몸은 건강하였던 셈이지요,
이 애미는 남편과 같이
하마나 내일은 고향에 가겠지라고
종일 미친 사람듯이 일하기 바쁘고
밤늦게 맥없이 들어 누어 볼랴니
또 떠들어 오르지요, 고놈의 얼굴이,
　"痛いよ(아파죽겠어)! 痛いよ(아파죽겠어)!
　……ほしいよ(갖고 싶다구)!
　ほしいよ(갖고 싶다구)! 足がほしいよ(다리를 갖고 싶다구)!!"

---

3) 한국어 시로 원문 그대로 표기함

그 놈이 세 번에 걸쳐
한다리 끊어버릴때의 천지우는 소리지요
불쌍한 역사를 지고난
그놈의 이야기를 하고 있지요.
굳센 두다리 가진 사람보다 더욱
잘 뛰여 다녔으며
잘 해염치고
잘 자전거 타고
잘 먹고
누구에게도 불퉁스럽게 말했지요,
그리면서도 무엇보다
새를 사랑하고 잘 길렸지요,

그런데 들어나 보세요,
어찌 원통치 않단 말이라요,
나고 "갓" 자 못배웠는 내가
무엇을 말겠단 말이람은, 글새!
"神経痛(신경통)?! 心配ありません(걱정 마세요)"
나는 믿기만 했지요,
하루가고 이틀지나 헛소리만 하는데
세번째 의사가 와서
"日本脳炎(일본뇌염)! 隔離(격리)!"

수술칼 같이 내 몸을 기리는 말을 했을때
늦었소요, 벌써 그놈은 잃었소요.

병원에 실려가드는
몇일후에는 한주먹의 뼈가 되어
그 변한 꼴을 내 눈앞에 보이니……
말못하는 그놈을 안고
얼마나 남모르게 울었던지요,
이게 어찌 그렇지 않겠소요,
그놈에게 "어머니"란 말 한마디 못듣고
그놈이 쭉기는 조선말 한번 듣지 못했으니까요,

요보세요!
이런 일이 또다시 있어도 좋겠을까요,
해방된 우리 조선사람이!
몇십년 고생을 견디여 나온 우리들이!
내 자식놈만 아니라
조선의 아들이고 딸들이가요!!

그날, 첫가을 하늘은 창창하고
고향에서 찾아온 바람이
흰 구름과 같이 흐르고 있었지요,

저 쓸쓸한 공동모지 한 구석에
그 놈을 묻치고 나는 일어섰지요,
어디선가 근처에서 즐기는

어린것들 웃음 소리를 들으면서
나는 다시 온 길을
나의 어린것들 기다리는 집으로 돌아왔지요.

                    55. 9. 14

열 번 째 맞이한 해방의 날4)

박실

한줄기 바람조차 스며들어지느냐.
회장에 가득찬 一만 五천 군중의 몸으로
땀은 끊임없이 뿜어 내려도——

열번째 돌아온 八월 一五일,
해마다 새로운 감격을 띄우는
이날을 축하하려 동포들은 뫃여섰다.

움직임을 잊은듯 무대를 응시하는
저 얼굴 이 얼굴……
그 눈에
무슨 생각이 비끼며
무슨 영상이 오가느냐.

——새 삶을 즐거우는 겨레의 생각인가.
——마을 샘물 제떰이 속에도 치솟는 영상
  인가.
건설에 바칠 몸 타향에 있고
마음만 조국 하늘로 날아가는

---

4) 한국어 시로 원문 그대로 표기함

온갖 동포들에

보답하자 무대여.
그려내여 살리자 조국 모습을.
한시의 해태도 용서치못할 죄악이다.

八월 열기는 땅 밑으로 솟아오르고
귀중한 땀은 끊임없이 뿜어내려도——

그러나 한줄기 바람조차 스며들어지느냐.
동포들이 그리우는것 바람이 아니요
햇빛 보다 뜨거운 조국 소식이로니——

하물며
하나의 조국을 소원하는 심정을
뉘가 찢떠릴수 있단 말이냐!

새해 첫 아침에![5)]

김학연

기슭에 몰려오는 흰 물결에 춤추며
바람도 갈매기도 자유로운 바닷가,
내 젊은 가슴에 희망을 안기며
웅장한 항구, 화려한 도시가 일어서는 바닷가,

동해바다 가없는 파도 우에 빛을 뿌리며
아, 새해 첫 아침의 태양이 솟는다.
조국은 너의 기개로 또 한해
영광과 승리의 봉우리를 넘었다.

우리 어느 한 순간엔들 잊을 수 있으리······.
야수들의 포선이 창문을 두다리던,
물새도 불에 끄슨 나래로 처마에 울던,
불길속 바다의 시련이며 바다의 분노를······.

그러나 시인의 가슴, 회상으로 뜨겁지 않노라.
새해의 햇발 아래 승리한 조선의 긍지를 안았으니,
10년 앞날을 지난 한해에 맞이한 자랑으로,
보다 찬란한 새해의 희망, 영광의 노래로 뜨겁노라!

---

5) 한국어 시로 원문 그대로 표기함

조국이여! 전진하라.
바다를 두개로 가를 수 없듯이
가를 수 없는 조선 인민의 념원을 담아,
힘찬 불덩이로 솟는 새해의 태양아래.

저 바다 우의 기선들과 고깃배와
날을 당겨 계획을 넘쳐 내는 공장과
저 산허리의 광맥과 그 우의 산림과
바다처럼 무연한 전야와 더불어——.

너의 품에서만 우리 삶의 참뜻을 누리니
영광을 드리노라!
새해의 영광을!
조국의 깃발이며 승리이신 우리의 수령앞에!

「조선문학」一九五五년 一月号 ——로부터 전재

새들은 숲으로 간다[6]

정문향

교대 고동이
저녁녘 구내를 흔드는
하늘 중천에
새들이 날아 퍼진다

즐거움에 겨워 깃을 치며
감돌아 멀리 사라지며
작별의 인사를 보내는듯
흰 가슴들을 높이 추켜들며——.

얼마만이냐! 원쑤의 포화에
불에 탄 바닷가의 숲에서,
습기찬 용광로의 부서진 철탑에 의지하여
싸움 속에 살아온 새들아!

다시 일어선 열풍로의
훈훈한 방부제 냄새
녹 쓸었던 철관에
다시 흐르는 증기 소리——.

---

6) 한국어 시로 원문 그대로 표기함

모든것을 다시 추켜세운 구내우로
새들이 난다.
그 모진 싸움 속에서도 가슴 드놀지 않던
제철공들의 무쇠의 가슴을 치며, 가슴을 흔
　들며——
우리 이 자리를 지켜
오늘을 맞는 것처럼,
평화로운 조국의 하늘가에——

어데로 가도 기쁘고 즐거울 바다와 산과
　들,
그리움에 찬 보금자리를 다시 찾아
새들은 숲으로 간다
제철공들의 그 무쇠의 가슴을 흔들며…….

　　　　一九五四.
　　　　(정문향시집 「승리의길에서」 에서 전재)

금강산 생각[7)]

김승수
사리사조선소학교 五학년

보지 못한 금강산
어떻게 되고 있는지 모른다.
금강산은 세계에서
제일 아름다운 산이다
금강산 금강산 두번이나 불러도
생각되지 않는다.
선생님이 가르쳐 주어도
생각나지 않는다
한번 두번 세번이나 말해도
금강산은 모른다.
금강산에는 온천도 있고
휴양소도 있고
높은 산도 있다한다.
그것을 생각하면
나는 힘이 난다.

---

7) 한국어 시로 원문 그대로 표기함

시의 존재방식에 관하여
정인 군에 대한 반론

송익준

정인 군에게

왕복서간 「시의 존재방식에 관하여」 아다치足立 시인집단
의 의견에 대한 정인 군의 반론에는 배울 점이 많습니다.

그러나 그 반면 납득하기 어려운 부분도 있어 이러한 점
을 중심으로 나는 내 나름대로 시의 존재방식에 대해 서술
하고, 나아가 현재 '오사카 조선인집단'에 부과된 과제에
대해서도 언급하고 싶습니다.

우리 시창작의 원천은 대중의 생활, 감정, 사상 속에 있
고, 우리 시창작의 출발점은 대중의 생활, 감정, 사상을 문
학예술작품으로 형상화하는 것에서 시작하지 않으면 안 된
다는 견해는 결코 잘못된 것이 아닙니다. 이것은 우리 시가
대중을 위한 시인가? 혹은 자신 개인을 포함한 소수의 그룹
을 위한 시인가? 하는 것에 대한 해답이기도 합니다.

우리 시도 '관념적 형태 〈이데올로기〉로서의 문예작품은
모두 일정한 사회생활이 인간의 두뇌에 반영한 산물'(모택
동의 文藝講話, 『國民文庫』 30-31쪽) 인 이상, 그 출발점은
우리의 두뇌에서 생겨난 사유가 아니라 객관적 사물의 존
재, 즉 우리의 사유와는 별개의 존재인 대중의 생활, 감정,
사상이라는 객관적인 존재를 인식하는 것에서 시작해야 합
니다.

이 가장 간단한, 그러나 가장 기본적인 명제인 '존재가 의식을 결정한다'라는 유물론적 인식론=모사론은 우리 시 창작의 기본적인 태도에도 기초를 다지게 하는 것입니다.

레닌은 "인식은 인간에 의한 자연의 반영이다. 그러나 이 것은 단순히 직접적이고 전체적인 반영이 아니라 일련의 추상, 개념, 법칙 등의 정식화, 형상화의 과정이고⋯⋯그리고 이들 개념과 법칙 등은 영원히 연동하여 발전해 가는 자연의 보편적 법칙성을 조건적·근사적으로 파악하는 것이다"(레닌 의 철학노트, 理論社版, 84쪽)라고 가르치고 유물론적 인식 론=모사론의 기본적 명제를 분명히 밝힘과 동시에 과학적 추상과 예술적 추상에 관한 문제의 실마리를 주었습니다.

레닌은 모든 인식――과학적 인식에 있어서나 예술적 인 식에 있어서나――우리의 생활과는 거리가 먼 비과학적인 혹은 비예술적=비리얼리즘적인 추상, 또는 추상개념이 존재 하고 있음을 지적하고 그 추상은 사상이 대상의 본질에서 유리되어 있는 추상, 즉 생기가 없는 허위적 추상, 그것은 대상에 관한 개념이 대상의 진정한 반영이 아닌 개념, 즉 대상의 모든 면에서 유리된 부분의 추상이라고 말하고 있 다. 나는 레닌의 과학적 인식론은 과학의 제諸개념 뿐 아니 라 리얼리즘 예술의 방법=형상, 즉 리얼리즘 예술에 있어서 의 대상의 묘사는 어떠한 것인가? 어떠한 면을 선택하고 어 떠한 면을 버릴 것인가? 라는 것에 대한 기본적인 해답을 준 것이라고 이해하고 있습니다.

즉, 리얼리즘 예술의 방법=형상이란 대상에 있어서의 비 본질적인 특질을 분리하는 방법=형상이라고 할 수 있겠지 요. 그러나 이 방법=형상 속에 반영되어 있는 제諸특징은 본질적인 제 특징, 전형적인 제 특징이므로, 그것은 충실성

과 진실성에 입각해 있고, 그 때문에 그 방법=형상은 대중
의 생활, 사상 속의 본질적이며 전형적인 제특징이 반영되
지 않는 한 생기지 않는 것입니다.

이것에 대해 레닌은 "사유는 구체적인 것으로부터 시작
하여 추상적인 것이 되지만, 만약 사유가 바르다면―진리에
서 유리되지 않고 오히려 진리에 접근해 간다. **물질**8)이라는
추상, 자연의 **법칙**이라는 추상, **가치**라는 추상 등등, 사랑하
는 모든 과학적인(정확하고 성실하며 부조리가 아닌) 추상은
자연을 보다 심원으로, 보다 정확하게 반영한다"(레닌의 철
학노트, 理論社版, 74쪽)고 지적했습니다.

레닌이 지적한 이 추상은 단순히 과학적 사유에만이 아니
라 예술적 사유 속에도 존재하고 있습니다.

물론 나는 시라는 문학예술의 일부분을 사고思考하는 경우
――리얼리즘 예술은 과학과 마찬가지로 현실을 반영하는
하나의 형식이지만, 과학과는 별개의 사고내용을 가지고 있
는 것도 알고 있습니다.

이것은 예술작품을 형상화하는 과정에서 자신의 인식적
과제가 지성적 기능에 의해서만 구상화되는 것이 아니라 감
성적 인상이 강하게 작용한다는 것을 간과해서는 안 된다는
것입니다.

즉 예술작품의 형상이 과학의 개념과 구별되는 본질은 지
성적 기능이 감성적 인상에 따라 형상화되는 정서적 작용과
연관되지 않는 한 사유의 작용을 환기시키지 않는다는 것에
있습니다.

그러면 감정적 인상으로 인해 환기된 사유는 지성적 기능
과 어떠한 관계성을 가지고 있을까요?

---

8) 원문은 방점

감성적 인상으로 고취된 대상의 세계는 지성적 기능에 따라 다양한 형식을 환기해 가고, 더욱이 감정과 표상, 상상력과 사유와의 관련 하에 묘사로 나타나는 것입니다.

이 경우, 지성적 기능은 예술적 사유에 있어서도 언제나 능동적으로 작용하여 이 지성적 기능이 과학적 이론으로 기초가 다져져 있을수록 대상의 본질적인 것과 비본질적인 것을 준별하여 대상의 세계, 현실의 세계, 객관적 세계에서 사라져 가는 옛 것과, 맹아하여 발전해 가는 새로운 것을 선택하는 주요한 기능을 하는 것입니다.

여기에 과학적 이론에 기반한 지성적 기능이 예술적 사고에 있어서 차지하는 중요성이 있는 것입니다.

그런데—나는 앞서 예술적 사고에서 차지하는 과학적 이론이 가지는 중요성을 언급했습니다만, 이것을 기초로 하여 우리 시 창작을 생각해 보았을 경우, 우리의 시작품은 자신의 감성적 인상에만 의지하는 것이 아니라 과학적 이론에 기반한 지성적 기능의 힘을 빌려 비로소 형상화된다는 것을 이해했을 것이라 생각합니다.

우리의 시창작의 출발점이 항상 대중에게 봉사하고 대중에게 배우고, 대중의 생활, 감정, 사상을 형상화하는 과정에 있어서 감성적 인상 중 중요한 측면과 중요하지 않은 측면을 구별하는 지성적 기능의 주요한 역할이 있어야 비로소 대중을 조직하여 행동으로 이끄는 거대한 기계의 하나의 나사가 될 수 있다는 것을 이해할 수 있습니다.

이 같은 관점에서 의식목적적으로 창작된 시운詩韻 한 구 한 구가 리얼리즘의 관점에 서면 설수록 대중의 애증을 흔들 수 있는 것은 아닐까요?

즉 "자기감정의 변혁을 의식하여 그것이 구체적 작품에

반영된 경우, 독자가 자신들 속에 있는 오래된 감정의 변혁을 인식하는 것으로 이어진다"(정인 군의 반론 부분 『진달래』 13호, 40쪽)는 것은 주객전도된 것이 아닙니다.

왜냐하면 "자기의 감정의 변혁을 의식"한다는 것은 자신의 주관적 세계를 개조한다는 것이고, 그것은 또 자신의 인식능력을 개조하는 것이기도 하며, 이것은 감성의 단계에서 실천=창작과정을 통해 이성으로 발전해가기 때문입니다.

감성에서 이성으로 발전하기 위해 가장 중요한 것은—객관적 세계를 자신의 머리에 올바르게 반영시키는 능력을 배양하는 것, 다시 말해 대중의 생활, 감정, 사상 속에 나타난 본질적이고 전형적인 제 특징을 올바로 파악하여 자신의 주관적인 인식을 객관적 세계의 법칙성과 합치시키기 위한 능력을 배양해야 비로소 가능해지는 것입니다.

이를 가능하게 하기 위해 우리는 무엇보다 우선 대중의 생활 속에 들어가 대중의 생활, 감정, 사상 속에서 대중의 계급적 상호관련, 계급 자체의 상태와 심리를 연구함과 동시에 "모든 살아있는 생활형태와 투쟁형태, 모든 문학과 예술의 근원적인 소재를 관찰하여 체험하고 연구·분석해야 하며, 그렇게 해야만 비로소 창작과정에 들어갈 수 있"(모택동의 문화강연 『국민문고』 32쪽) 는 것이고, 이 대중의 생활, 감정, 사상과 밀착된 실천=창작과정에서만 "자신의 문제와 대중의 문제를 같은 기반 위에서 해결"(정인 군의 반론 부분 『진달래』 13호, 40쪽)할 수 있는 공통점을 찾을 수 있습니다.

객관적 세계의 존재 없이 우리의 의식은 없고, 대중의 생활, 감정, 사상은 없습니다.

우리는 '존재가 의식을 결정한다' 는 과학적 인식론의 가

장 기본적인 명제에서 출발하여 예술적 사고에서 차지하는
이론의 중요성을 언급하고 우리의 의식개조는 우리가 대중
에게 배우고 대중에게 봉사하는 실천=창작과정을 통해서만
가능하다는 것을 피력해 왔습니다.

나는 시 창작에 있어서 인식적 의의와 그 과정을 이같이
이해하고 있습니다. 이 이해 위에 서서 우리에게 부여된 당
면 과제라는 문제에 대해서도 다루어보고자 합니다.

현재 우리에게는 조국의 평화적 통일독립을 투쟁하여 쟁
취하는 것, 즉 조선민족해방혁명을 완성하는 일이 주요한
제일의 임무로 부여되어 있습니다.

이 숭고한 제일의 임무를 '재일在日'이라는 특수한 조건
하에 있는 우리가 어떻게 수행하면 좋을까요?

'재일본조선인 총연합회 결성대회에서 결정된 일반방침' 속에
"우리는 재일조선문화인에게 나타난 이 같은 부정적인 현
상(재일조선인운동의 잘못된 지도이론으로 인해 받은 문화
면에서의 피해를 말한다.—宋)을 하루라도 빨리 개선하고 현
재 미일 반동 지배층에 의한 문화기관의 독점과 반동적 식
민지주의에 반대하여 전인민적 성격을 가진 민족문화 건
설·보급 운동을 전개해 가야 합니다. 이 같은 민족문화는
지금 사회주의로 이행 중인 조국에서, 형식에 있어서는 민
족적이고 내용에 있어서는 사회주의를 지향하고 있는 전인
민적 민주주의 문화의 건설이 시작된 현실에 비추어 재일조
선인의 민족문화를 건설하기 위한 활동도 기본적으로는 이
러한 방법을 지향하여··· 당면한 문화활동의 중점을 재
일동포의 전반적인 문화수준을 끌어올리는 초보적인 단계에
두어야 합니다.

이와 같은 운동의 내용은 필연적으로 문맹퇴치운동을 중

심으로 우리의 언어와 문학의 전인민적 보급과 사회주의로
이행하는 선진국가의 국민이라는 자각을 높이는 정치적 교
양사업이 제1의 임무여야 한다"(조선총련 활동방침, 『신조
선』 9월호, 26쪽)는 것을 분명히 가르쳐 우리가 나아갈 길
을 명확히 하고 있습니다.

그렇다면 문학예술의 창작활동에 있어서 조선총련의 활동
방침이 어떻게 구체화되어야 하는 것일까요?

우선 우리에게는 가열찬 조국전쟁의 한가운데에서 경애하
는 수령 김일성 원수가 '작가예술가에게 주는 격려의 말
씀'을 가장 기본적인 지침으로 하여 "재일조선동포의 영웅
적인 국제주의적 애국투쟁을 리얼리즘의 방법으로 형상화
하"(조선총련 활동방침, 『신조선』 9월호, 27쪽)는 것이 중
요한 과제로 제기되고 있습니다.

시라는 문학예술의 일부문을 통해 "재일동포의 국제주의
적 애국투쟁을 리얼리즘으로 형상화한다"는 과제의 인식적
의의는 재일동포의 국제주의적 애국투쟁의 리얼리즘적 형상
이 단순한 자연주의적인 사실적 묘사가 아니라 전형적 형상
이라는 것입니다.

전형적 형상이란 대상의 모든 형상이 아닌 그 일부분의
형상, 즉 그 본질적인 형상, 모든 부정적인 것에 풍자의 포
화를 퍼붓고 "사람들의 모범이 될 만하고, 사람들의 모방의
대상이 될 만한 선명한 예술형상"(마렌코프의 소련동맹공
산당 제19회 대회 보고연설)입니다. 그것은 보편적인 것을
구현하는 자라고도 할 수 있겠지요.

이 보편적인 것의 구현자로서 나타나는 전형적 형상이란
묘사되는 대상이 공통의 침전물로 나타나는 것이 아니라 과
장과 압축과 강조의 방법으로 부각되어야 합니다.

"재일동포의 국제주의적 애국투쟁"을 리얼리즘에 의해 전형적으로 형상화하기 위해서는 우리가 재일동포의 생활, 감정, 사상 속에 나타난 본질적인 제 특징을 파악해야 하고, 그를 위해서는 우리도 동포의 생활 속으로 들어가 투쟁의 주인공, 사건의 주역으로 당파적 민족적 입장에서 현실을 응시해야만 가능한 것입니다.

대중이 우리에게 요구하고 우리가 필요로 하는 것은 언제나 이러한 경향을 가진 예술작품입니다.

그렇다면 "재일동포의 국제주의적 애국투쟁"을 우리가 시라는 분야를 통해 노래하려 했을 때 단순히 자신의 감성적 인상에만 의지해서 노래할 수 있을까요?

나는 역시 과학적 이론이 필요하다고 봅니다. 왜냐하면 우선 우리의 조국, 조선민주주의인민공화국은 조선노동당과 탁월한 수령 김일성 원수의 지도하에 사회주의 건설의 방향으로 나간다는 현실을 응시해야 하기 때문입니다.

그런데——여기에서 우리 사이에 문제가 되는 것이 하나 있습니다.

그것은 현재 우리는 '재일'이라는 특수한 조건 하에 있고, 이것을 고려하지 않고 조국을 그리고 노래할 경우 감정이 배어나오지 않고, 설령 노래한다 해도 슬로건 시나 유형시로 끝난다——고 하는 것입니다. 이와 유사한 의견으로 "노동자, 농민을 강력하게 그리고 미래에 광명을 비추는 것"보다도 "현재 일본의 사회적 조건에서 우리의 현실을 둘러싼 모순과 속임수를 철저하게 폭로하여 그것을 노래하는 쪽이 보다 강조되어야 하는 것 아닐까?"(정인 군의 반론 부분, 『진달래』 13호, 41쪽) 하는 의견이 있습니다.

나는 슬로건 시와 유형시가 뛰어난 시라고는 생각하지 않고, 또 일본의 모순된 현실을 폭로한 시가 필요하지 않다는 것도 아닙니다.

그러나 나는 일본의 모순된 현실에 대한 폭로를 '강조'하기보다 조국 건설사업의 발전에 강한 영향을 받아 조국에 한없는 동경을 보내는 재일동포의 진실한 모습이 그려져야 한다고 생각합니다.

독립한 주권국가를 가진 긍지와 기쁨, 그리고 하루라도 빨리 조국의 건설사업에 직접 참여하고 싶다는 욕구는 일본의 모순이 심화되고 재일동포의 생활이 고통스러워질수록 커지게 됩니다.

이 욕구는 일본에서의 생활을 지키려고 하는 것에서 한 발 나아가 동경하는 조국에 돌아가 조국건설사업에 직접 참가하려고 하는 욕구로 바뀌어 이 욕구가 조일국교조정 혹은 귀국운동이라는 커다란 정치적 행동으로 일어나는 것이며, 현재 일어나고 있습니다.

이 같은 재일동포의 애국투쟁에 대한 진실한 묘사는 단순히 '일본의 모순된 현상을 폭로'하는 것만으로는 해결할 수 없습니다.

여기에 '재일동포의 국제주의적 애국투쟁'을 리얼리즘의 관점=사회주의 리얼리즘의 방법으로 형상화하려 할 경우의 문제점이 내재해 있는 것은 아닐까요?

어째서 조국의 건설사업을 노래하는 시보다 "일본의 모순된 현실을 폭로"하는 시가 더 중요한 것일까요?!

어째서 조국의 당과 경애하는 수령, 조국의 동포에 한없는 경애를 보내는 시보다 "일본의 모순된 현실을 폭로한" 시가 더 중요한 것일까요?

어째서 우리가 조국을 그리고 조국을 상상하고 귀국 열망에 불타는 재일동포를 노래한 시 보다 "일본의 모순된 현실을 폭로한" 시가 더 중요한 것일까요?

일찍이 우리는 재일조선인운동의 잘못된 지도이론으로 인해—조국의 건설사업에 직접 참여하는 투쟁보다도 일본에 있어서의 제모순을 폭로하고 소탕하는 것이 제1의 임무라고 생각한 시기가 있었습니다.

그러나 이제 이런 실수에서 벗어나 조국의 건설사업에 직접 참가한다는 숭고한 사명을 의식해야 합니다.

우리 시에서도 현재 조국 건설사업에 직접 참여하기 위해 공화국 공민으로서의 자부를 가지고 싸우는 "재일동포의 국제주의적 애국투쟁"을 리얼리즘의 방법으로 형상화하는 제1의 임무를 수행하는 과정에서 "일본의 모순된 현실을 폭로하는" 일이 이루어져야 합니다.

이 경우 항상 유의해야 할 것은 재일동포의 여러 생활의 형태가 구체적으로 연구되고 분석되어야 한다는 것과, 나아가 창조과정에서 감성적 인상으로 고취된 재일동포의 다양한 생활 형태 속에서 전형적인 것을 찾아내어 풍성한 창조력으로 과장하고 압축하여 강조해야 한다는 것입니다.

재일동포의 생활 속에는 모순에 찬 복잡한 측면이 있습니다.

이 복잡한 측면 중에서 중요한 측면과 중요하지 않은 측면, 긍정적인 면과 부정적인 면을 구별하여 생활을 바르게 현실적으로 묘사할 뿐 아니라 새롭게 싹을 틔워 발전하는 것과, 오래되어 사라져 가는 것과의 대립과 모순을 엄격하게 묘사할 필요가 있는 것입니다.

이를 위해 대중의 상상력에 공감을 불러일으키는 창조적 능력이 얼마나 중요한가는 두말할 필요도 없습니다.

대중의 공감을 불러일으키는 창조적 능력은 대중의 생활

을 잘 알고, 무엇보다 우선 국어, 역사, 체험, 풍속, 습관을 깊이 이해함으로써 더욱 심화시켜 가는 것입니다.

우리의 시가 대중의 것이 아니게 되었을 때, 우리의 시가 대중에게서 배우고 대중에게 봉사하여 대중을 조직하고 행동으로 이끌기 위한 거대한 기계의 부품으로서의 기능을 다하지 못할 때, 우리 시의 소재가 대중의 생활, 감정, 사상의 반영이 아닐 때, 우리의 시에서 어떤 사상성이나 구체성이나 현실성이 없어졌을 때, 그 시는 "자기 자신이 원인이 되어 자기 자신에게 행복이고 불행일 수 있다. 다만, 그 대신 그 노래에 귀를 기울이는 것은 또 시인 자신일 뿐 사회나 인류는 조금도 그 노래를 알려고 하지 않는"(베린스키의 소비에트 문학 NO.1, 94쪽) 다는 것을 알아야 합니다.

이 같은 경향을 가진 시는 마침내 리얼리즘, 상볼리즘9), 아쿠메이즘10), 후토우리즘11), 이마지니즘12) 등, 일련의 반인민 반리얼리즘적 경향으로 빠져들어가는 운명에 있다고 할 수 있습니다.

글이 장황해졌습니다만, 이 글도 우리의 정례 합평회 토론 속에서 옳고 그름이 지적되기를 기대합니다.

(11월 21일)

---

9) symbolisme. 상징주의. 1880년대 후반에 프랑스에서 일어난 반사실주의적인 문예상의 운동.
10) Acmeism. 1910~1912년 러시아에서 성립한 문학운동 또는 문학유파. '아쿠메' 란 그리스어로 '정점' 을 뜻하며 아쿠메이즘을 시의 스타일로 하는 시인들을 아쿠메이스트라 함.
11) 입체미래주의. 1910년대 전반에 러시아에서 전개된 미술의 경향. 서구의 큐비즘 및 미래파와 러시아의 네오 프리미티즘을 융합한 작품 경향.
12) 寫像주의. Imazhinizm. S.예세닌이 주도. 러시아문학의 시운동. 시 낭송하는 방법으로 활동.

중앙문선대
모란봉 극장의 공연을 보고

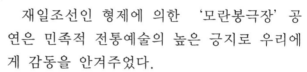

니시 고이치[13]

재일조선인 형제에 의한 '모란봉극장' 공연은 민족적 전통예술의 높은 긍지로 우리에게 감동을 안겨주었다.

유희가오카夕陽ヶ丘 회관을 이틀간 가득 메운 조선인들의 감동의 숨결은 모두 하나로, 조선 고전극의 제재와 조국의 행복을 깊이 응시하면서 피가 되어 흐르고 있는 생활의 기쁨을 맛보고 있었다.

이것은 춘향전과 함께 상연된「구성극 금수강산」의 무용과 노래 속에서도 발견되었고 그들 속에 타오르는 연기의 곳곳에 그러한 느낌이 묻어 있었다.

조선민족의 전통적인 흐름을 단순히 재현하는 것에 머무르지 않고 그것을 발전시키려고 하는 노력이 엿보인다. 그 발전을 통해 조선민족의 전통 속에 흐르는 리듬, 색조, 형식을 보다 강력하고 명쾌하게 나타낼 필요가 있고 이를 위한 노력은 위대한 사업이 될 것으로 확신한다.

재일조선인 예술가는 물론 조국 조선의 예술의 섭취, 소개가 무엇보다 중요할 것이다.

재일조선의 형제들은 조국에 돌아갈 것을 소망하면서도 한편으로는 학대받는 생활이지만 힘차게 살아갈 길도 가져다 준 '일본'에 대한 감동을 결코 버릴 수 없다는 것을 간

---

13) 西康一. 신쓰키지 극단新築地劇団 단원

과해서는 안 된다.

　일본에 사는 조선인으로서의 자긍을 대담하고 솔직하게
전개하고 육성할 사상을 배양하는 일이 필요하다. 조선민족
이 아니면 창조할 수 없는 뛰어난 전통을 살려 육성하는 일
은 재일조선인의—특히 청년여성예술가의 중요한 책무가 되
어야 한다.

　극히 일부이기는 했지만 구성극 중 세 여성에 의한 무용
에는 민족적 전통을 느낄 수 없었고, 다른 부분이 훌륭했던
만큼 모방적인 요소를 느끼게 한 것은 간과할 수 없다. 또
극「춘향전」을 다분히 일본의 가부키 형식으로 연출한 것
에 대해 다소 의문을 갖지 않을 수 없다.

　사실, 전전戰前에 신협극단新協劇團[14)]에서 상연했을 때에도
'가부키형식'을 대담하게 도입하여 커다란 성과를 올린
일은 가끔 참가했던 내 체험으로도 잘 이해할 수 있었다.
그러나 이 경우 일본인이 조선예술을 선택한 것이고, 조선
인이 조선고전을 선택한 것이 아니라는 것을, 그리고 설령
조선 고전연극의 형식이 일본의 그것과 유사한 점이 있다
해도 일본의 음악은 5음계이고 조선은 실로 36음계—이것을
감안해도 유사하다—라는 것만으로 형식 그 자체를 같은 것
으로 생각한다면 대단히 큰 잘못이다. 이 점을 간과해서는
안 될 것이다.

　또 일본인이 조선고전을 선택하는 경우에도 조선고전 속
에 흐르는 풍부한 형식을 내용 그 자체가 담긴 것으로 보고
연구하지 않는 한 기운 옷과 같은 불일치를 초래할 것이다.

---

14) 1934년에 결성되어 1940년 탄압으로 해산된 신협극단(1차)과, 1946년
　　재건되어 1959년에 도쿄예술극장으로 재편되기까지의 신협극단(2차)
　　등이 있음.

따라서 재일조선인 형제들 대다수가 조선의 고전예술을 생활의 축적을 통해 이해하지 못하고 있다고 해도 손쉽게 일본의 가부키적 형식에 안주하는 것은 용납되지 않는다.

이 같은 점에서 민족적 전통예술을 지키고 육성하는 일은 「춘향전」의 내용을 소개하는데 그치지 않는다. 「춘향전」을 통해 조선민족의 피와 살이 담긴 내용과 형식을 보다 풍부하게 하는 연구가 필요하며, 이는 재일조선인을 위한 예술가로서의 임무라고 할 수 있다. 인간형상에 있어서 악인은 악의 화신으로만 그릴 것이 아니라(나는 여기에도 일본의 가부키적 형식을 모방으로 끝낸 점에 한계를 본다) 형식을 통해 생생하게 인간감정을 흘러넘치게 할 필요가 있다.

나는 조선어를 모르지만 무대 위에 창조된 생활 구석구석의 향기는 춘향이 몽룡과 알게 되고 사랑하며 이별의 눈물을 흘리는 과정에서 드러났고, 이 과정에서 조선민족의 강한 여성의 모습을 보고 감동할 수 있었다. 그토록 다정하고 솔직하며 용감한 애정이 「광한루」「백년가약」「송즉천리」각 장에 살아있는 것이다.

감동의 눈물을 멈출 수가 없었다. 그러나 사또의 장—에서 춘향은 다른 역할의 인물들처럼 단편적인 대립에 빠져있던 것은 아닐까?

더할 나위 없이 아름답고, 내 가슴에 감동을 불러일으킨 만큼 또, 일본의 가부키형식이 상당히 세련된 연기로 녹아들어 있던 만큼—만일 그 상태의 방법론에 대해 엄격한 비판의 시선을 갖지 않는다면 그들 젊은 조선연극예술가의 재능을 유형적인 연기에 빠지게 할 위험이 발생할 수도 있을 것이다.

형식은 항상 내용에 의해서만 살고, 피로써 내용을 발전

시키는 것이어야 한다. 나는 단지 내용을 규정하는 데에서
그치는 형식을 두려워한다. 사또의 연기, 춘향을 고문하는
장면 외에도 이러한 점이 특징적으로 나타나 있는 것은 아
닐까?

　두서없는 글 읽어주셔서 감사합니다.

1955.11.8.

　전전부터 연극활동을 통해 특히 조선인과 깊은 관계에 있
던 니시 고이치 씨를 비롯해 그가 소속되어 있는 관서 노동
자 연극집단 전원이 조선인 문화운동에 보인 적극적인 우애
정신은 관노연關勞演을 아는 자라면 다 알 것이다. 이 원고
를 평론활동이 부족한 우리의 연극활동에 보태기를 바라는
마음에서 추천한다.

　또한 관노연은 조국의 희곡「새 길」을 내년 4월경에 상연
목표를 두고 목하 준비 중이다. (편집부)

시와 나

박실

1951년 2월은 바람이 매우 강하게 불어제치고 봄의 새싹이 아직 겨울의 껍질에 갇혀있는 시기였다. 나도 또 높고 차가운 담에 둘러싸인 오사카 구치소의 독방에 갇힌 채, 이 엄동을 맞고 있었다. 내가 이런 취급을 받는 이유는 조선의 전선에서 미군이 심한 타격을 받고 있다는 기사가 실린 신문을 소지하고 있었기 때문이다. 소위 그 당시 상황을 알려주던 「정령 325호」[15] 위반이라는 것이 내 죄명이었다.

정전의 조짐이 보이고 있다고는 해도 조국의 산하에서는 역시 격렬한 포화가 오가는 시기여서 미군기지화된 일본에 사는 조선인의 애국투쟁에 대해서도 미군의 비난은 가혹하기 그지없는 비인간적인 것이었다.

독방의 겨울은 더 혹독했다. 창을 꼭 닫아도 세상에서 사나운 추위가 벽을 뚫고 다타미 두 장의 단절된 세계에도 엄습해와 살을 에는 것이다. 그래도 나는 굉장히 기세등등했다.

침략자들이 나에게 붙여 준 '애국자'라는 딱지는 나를 더할 나위 없이 만족시켜 주었고, 또 감옥 밖의 친구들과 동포들이 넣어 준 음식이나 면회 혹은 편지를 통해 끊임없이 격려받고 있었기 때문이다.

어느 날, 시찰구멍으로 한 통의 편지가 넣겨졌다. 언제나

---

15) 점령목적 저해행위 처벌령占領目的阻害行為処罰令. 1950년 연합국의 일본점령관리를 저해하는 행위에 대한 처벌을 정한 정령으로, 연합군의 지령 제1호에 의거해 발해진 칙령 311호(1946년)를 개정한 것. 정령 325호라고 통칭.

처럼 두근대는 가슴을 억누르며 보낸 사람의 이름을 본 나
는 매우 흥분했다.

'김대생金大生'이라는 이름 — 그리운 이름이다. 몇 년 만
인가? 해방직후 그 환희에 가득찬 시기에 진실하게 조선민
족의 한 사람으로 살아가고 싶다고 각성하는 과정에서 맺어
진 사람의 이름, 그로부터 수 년, 헤어지고 난 후 서로 소식
도 모르던 사람의 이름이다.

내가 흥분하며 봉투를 연 것은 말할 필요도 없다.

그 편지 속에 시가 한 편 써 있었다.「짖어라, 대륙이여」
(작가는 김용제金龍濟16)로 현재는 이승만의 종이 되어 있는
매국노의 한 사람이지만……)라는 타이틀이 붙은 시를 나는
굶주린 사람처럼 열심히 읽었다. 반복해서 또 읽었다. 다음
으로는 소리 내어 읽었다. 시를 거의 맛본 적이 없는 나도
알 수 있었다. 조국의 독립을 짓밟힌 민족의 분노가 말할
수 없는 충격으로 내 전신을 뒤흔든 것이다. 나는 겨우 다
타미 두 장의 독방을 비좁게 움직이며 읊조렸다. 눈물이 흐
르는 것을 멈출 수 없었을 정도로 고무되는 것을 느꼈다.
나는 바로 김대생 씨에게 보낸 답장에 "백만의 원병을 얻은
듯한 용기를 얻었다"고 쓴 기억이 있다. 이것은 일시의 흥
분과 과장이 아닌 내가 받은 감동이었다.

그리고 2개월 정도 후에 자랑스러운 기분으로 감옥문을
열고 나왔을 때 세상은 두근거리는 봄의 절정이었다.

나는 옥중 생활에서 많은 것을 배웠지만 시를 알 수 있었
던 것은 가장 큰 수확의 하나였다. 백만 가지 말이 주는 격
려 이상으로 용기를 고무시켜 준 한 편의 시 — 지금까지는

16) 1909~1994. 시인·비평가. 일본에서 프롤레타리아 시운동에 투신하여
1931년에 일본어로 쓴「사랑하는 대륙」을『나프』지에 발표하여 등단.

잘 알 수 없었던 예술의 위대한 힘을 깨달을 수 있었던 것
은 행운이라고 생각한다.

'오사카 조선시인집단'이 탄생하고 나도 그 일원으로 참
가할 수 있었던 것은 이러한 커다란 경험이 있었기 때문이
다. 나에게 시인으로서의 재능이 있는지 어떤지 나는 전혀
알 수 없지만, 시 활동에 자기 생의 보람과 정열을 발견한
이상, 나는 당당히 머리를 들고 나갈 것이다.

朴 実

[진달래 13호 합평 노트]

『진달래』 13호의 합평회를 통해 우리의 합평내용이 종래에 비해 현격한 변화를 이룬 것이 분명해졌다. 시의 효용성과 사상성, 정치성, 시와 대중독자와의 관계에 대해 그 형상과 예술성, 확대하는 문제와 고양시키는 문제 등등이 각각의 작품에 맞추어 보다 깊이 구체적으로 게다가 각자의 시작詩作경험을 통해 의견을 내게 되었다. 이것은 분명 우리가 단순히 자기의 경험과 체계성 없는 순간 착상식의 의견에서 벗어나 이론적 질적으로 고양되고 있음을 말한다.

13호 합평회의 초점은 역시 「권경택의 작품에 대하여」(김시종)에 관한 토론일 것이다.

이 평론 속에서 김시종 군은 권 군의 작품이 "고혹적이기까지 한" 분위기와 "완전에 가까울 정도로 언어가 훈련되어 있는" 용어사용의 능숙함을 평가하면서 "영상적인 파악"이 "상징주의"의 비평정신으로 연결되어 있고 "절실하게 현실성을 띤 테마는 그에게는 역부족"임을 지적하고 있다. 그리고 그 원인은 "자기의 세계 안에서만 시의 언어를 연마하고" 있는 것으로 그의 "현실관은 청산되어야 한다"고 비판하고 있다.

합평회에서는 김 군의 이 비평이 바르다는 것을 확인했지만 다음과 같은 점에서 철저한 분석이 부족했다는 의견이 나왔다. 그것은 예컨대 권 군의 작품이 갖는 '서정성'의 아름다움을 중시하여 배양해야 한다는 것과, 그의 현실관의 변혁은 변혁되어야 할 현실과 진지하게 대결하는 일상의 '실천'이 행해져야만 이룰 수 있고 그 안에서만이 그의 '서정'도 오랜 껍질에서 벗어나 살아난다, 고 하는 점이다.

　김시종 군의 평론과 이들의 의견은 의미 있는 말이다. 다만 이것은 권 군의 작품에 대해서만이 아니라 다른 작품에 대한 의견이기도 하다는 것이 합평 속에서 명확해졌다.

　「비」(강청자)의 "극한 분노" "검은 슬픔"이라는 추상용어로 밖에 노래할 수 없는데다가 빈곤한 삶의 실태가 담겨 있지 않아 추진력이 느껴지지 않는 노래, 「귀향」(조삼억)에 있어서의 삭막감, 그로 인해 앞으로 어둡고 비참했던 고향에서 밝은 고향으로 건설해 간다는 테마를 완전히 살리지 못한 점, 「수인囚人의 수첩」(박실)에 있어서의 비참한 노래는 등록증으로 인해 생활이 압박받는 생활에 대해 투쟁하면서도 그것을 떨쳐내고 생활하는 동포 대중의 낙천성을 간과하고 있고, 「독방」(송익준)에 있어서 수감된 자의 인간형상에 대한 표현이 부족하여 형무소의 본질, 그 실태를 부각시키는 것이 다소 부족했던 문제, 「나의 길」(홍종근)에서 하나의 이미지에 하나의 적확한 표현이 아니라 읽는 이에 따라 이미지가 어떤 면으로도 파악되는 애매한 부분 등의 문제가 합평회에서 지적되었는데 이러한 의견도 김시종 군의 의견과 관련된 문제인 것이다. 그러나 이들 작품이 보잘 것 없는 작품이라는 것은 아니다. 위에 서술한 결함을 극복하면 더욱 살아있는 작품이 되었을 것이라는 애정 넘치는 비판이었다는 것을 덧붙여 둔다.

　이 중에서도 특히 「나의 바다」는 주목할 만하다. 이 작품은 위에 서술한 결함을 내포하면서도 재일하는 우리가 '모르는' 조국과 지도자를 열심히 따라가려는 애국적 희구와, 우리와 조국의 사이를 방해하는 자에 대해 투쟁할 의지를 노래하고 있는 점이 평가되었다. 자칫하면 주눅 들어 도전하지 않는 이 테마(실제로는 매우 중요한 테마지만)에 돌

입한 홍 군의 의욕을 매우 칭찬해야 할 것이다. 이와 관련하
여 13호의 권두언과 김 군의 평론에서 강조하고 있는 국어습
득은 강조되는 것에 비해 진지하게 생각되고 있지 않다. 우
리가 이 사업에서 성과를 올린다면 우리의 작품도 크게 변화
할 것이고, 진달래의 내용도 변화할 것이며, 또 변화하지 않
으면 안 되는 것이다. 이상 소감만 간단히 쓴다. (박실)

[진달래 뉴스]

결혼 붐 도래!!

혼자 있는 외로움에 견디기 어려워서인지 그렇지 않으면 원숭이띠 해를 두려워해서인지 요즘 시인들도 잇달아 결혼하여 커플이 눈에 띄게 늘었다. 의외로 솔직한 이야기로 생각되는 것이 연말의 추위 때문이라는 말이다. 진달래 세대가 이렇게나 한 번에 나이 들어 가는 것에 대해서는 일고할 필요가 있다.

▷ **송재랑**宋才娘 11월 21일 조선인회관에서 예식

▷ **권경택**權敬澤 12월 3일 자택에서 예식. 결혼생활이 시 방법에 어떠한 변화를 가져올지 기대

▷ **홍종근**洪宗根 12월 10일 같은 회원인 강청자양과 골인. 제1차 5개년 계획은 훌륭히 완성했지만 제2차 5개년 계획은 4고8고 중.

▷ **김평림**金平林 12월 26일 자택에서 예식. 가장 풋내기라고 생각하고 있었는데 일약 발행책과 편집책을 앞질러 골인. 선명하게 라스트 스퍼트 하는 모습.

▷ **백노아**白老兒 1년 내내 침묵을 지키던 그가 입을 열어 한 말이 신부 얘기. 무리도 아니다. 아이(兒)가 늙어 백발이 되어 있으니. 그 의향을 깨끗이 인정하고 본지를 빌려 신부를 공모하고 싶다.

▷ **홍종근**洪宗根 진달래 제13호의 「나의 바다」가 『시운동』 제15호에 게재되었다. 그의 결혼생활과 맞물려 앞으로의 시작詩作을 기대

▷ **홍효일**洪孝一 진달래 제12호의 「가게보기」가 신일본문학회 발행의 『생활과 문학』 창간호에 게재. 학교 공부도 게을

리 하지 말고 성장하기를 바랍니다.

▷ **김시종**金時鐘 두려워하며 펴낸 처녀시집 『지평선』이 일주
 일이 채 지나기 전에 매진. 남은 시집이 있으면 프리미엄을
 붙여 사고 싶다는 김 군의 변. 조금 주가가 오른 것일까,
 사방에서 오는 원고 의뢰에 기력이 없어 난감한 상황.

▷ **오노씨를 둘러싼 호르몬 파티.** 10월 14일 오노 도자부로小
 野十三郎 씨, 아키야마 키요시秋山清 씨17), 하마다 치쇼浜田知
 章 씨18)와 함께 호르몬 파티를 열었다. 단가적 서정을 부
 정하는 오노씨, 단가의 세계에 노스텔지어를 느껴서인지
 다쿠보쿠19)의 노래를 한 구절 읊는다.

---

17) 1904-1988. 시인. 아나키스트.
18) 1920-2008 시인. 1948년 『山河』를 창간하였고 간사이関西 전위시운
  동의 거점이 됨. 1954년에 『列島』에 참가.
19) 이시카와 다쿠보쿠石川 啄木(1886-1912). 일본 메이지시대의 시인.
  사회주의 경향의 시인. 대표시집으로 『한 줌의 모래一握の砂』가 있
  다.

[편집후기]

앞으로 열흘 정도 후면 1955년 제야의 종소리를 들어야 한다. 꼭 작년의 이맘때 쯤 진달래 제10호의 빈약함에 마음 아파했었다. 생각해 보면 시간의 흐름이 참 빠르다. 올 1년에 겨우 4호밖에 내지 못했지만 1955년은 진달래가 가장 충실하게 도약한 해였다고 말해도 과언이 아니다. 2주년을 기념한 진달래제를 시작으로 권경택, 이청자 작품특집을 낼 수 있었고 13호를 계기로 진달래에 가장 부족한 평론활동도 생겨났다. 이러한 가운데 합평회 그 자체도 추상비평이 아니라, 보다 구체적이며 논리적이 되었다. 없어질지도 모른다는 걱정은 더 이상 우리 머릿속에는 없다. 다만 우리가 여기에서 유의해야 할 점은 회원의 질이 높아짐에 따라 하나의 틀이 생기고 있다는 것이다. 일본에 사는 우리의 경우, 한정된 사람들 사이에서 동인화해서는 안 된다. 항상 새로운 필자들을 결집시켜 보다 폭을 넓혀가야 한다. 그러한 의미에서 진달래는 여전히 어수선함이 요구된다.

뭐니뭐니 해도 올해 최대의 수확은 김시종의 시집 『지평선』이 발간된 것이다. 대부분의 작품이 대중에게는 먼 위치에 있는 현실 속에서 시집 『지평선』은 새로운 시 방법에 하나의 해답의 기준을 제시할 것이라고 확신한다. (정인)

진달래 第一四号

一九五五年一二月二五日印刷
一九五五年一二月二六日發行

定價 三〇円

編輯責任者 勳 仁

發行責任者 升 炅

發行所 大阪市生野区東桃谷町四/二四

大阪朝鮮詩人集団

予告 ！

詩を書く者も書かざる

者も一つの円卓で

意見を酌み交そう！〃

金時鐘詩集

地本線出版記念会

日時　二月二九日(日)　午后六時半

場所　朝鮮人会館　二階ホール

会費　五〇円

参会を大いに

歓迎します

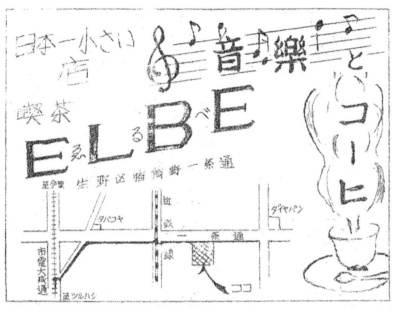

大阪朝鮮詩人集団　五月十五日

ヂンダレ

第15号

金時鐘　研究

15号

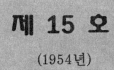

제 15 호
(1954년)

祝　ヂンダレ三周年記念

金　藤　姜　左　金　大　金　冨　金　韓　朴　丁　山　三　西　金　夫　文
岡　　　　　重　家　永　　　光　炳　哲　南　　　下　浦　井
り　和　　　正　　　永　常　　　　　　　殷　　　K　欽　成　才
千　つ　鉄　朝　根　保　造　彦　遠　浩　一　枌　一　Y　吾　一　龍　沃　鉉

玄　夫　金　洪　林
主　求　子　宣　泰
鳳　允　清　明　一

文　趙　金　高
桃　東　銀　銀
花　米　柱　確

姜　高　許　宋　夫
恩　晋　基　利　京
秀　三　弘　男　纈

高　金　金
京　炳　性
天　淑　奎

大阪朝鮮文学同人会
学生同盟大阪本部
生野相互診療所
水害見舞　昭
九月書房大阪支局

玄　金
主　元
鳳　均

高　宋
太　時
豪　卓

※五月十日現在
集計分

목　차

- 곤충과 곤충 / 성자경成子慶
- 내가 사랑하는 십대들 / 김화봉金華奉
- 카네이션 / 이혜자李惠子
- 정오 / 양정웅梁正雄
- 조선인 초등학교에서 배우고 있는 아이들에게/
  안휘자安輝子

기증잡지
14호 합평 노트
편집후기

ヂンダレ

15号

[김시종 작품 2편]
정책발표회

김시종

모퉁이를 돌아
언덕 끝까지 올랐을 때
정면에서
꺄악 놀랐다.

전방을 보고 있던
운전수는
급히 핸들을 틀었지만

그래도
그 끄트머리를 짓밟고서야 멀어졌다.

"자동차에 치였네요."
점점 구부정한 자세로
운전수는 퉁명스럽게
사정을 설명했다.

나는 합승까지 하면서
공산당 정책발표회에 서둘렀지만
시영전차 선로에 엎드려
목만 쳐들고 있는
개의 무표정이

아무리 달려도
검은 피사체가 되어
타오르는 듯한 석양아래 가로 놓여있었다.

1956. 4. 4

기증잡지

철과 모래 鉄と砂 15호 · 16호	시운동詩運動 15호
별꽃はこべ 창간호	낮과 밤昼と夜 11호
시궁창どぶ川 4호	동지仲間 14호 · 15호
수목과 과실樹木と果実 5월호	숨결いぶき 11호 · 12호
청구青丘 4호	종달새ジョンダルセ 3호

受贈誌

鉄と砂	十五号、十六号
詩運動	十五号
はこべ	創刊号
昼と夜	十一号
どぶ川	四号
仲間	十四号、十五号
樹林と果実	五月号
いぶき	十一号、十二号
青丘	四号
ジョンダルセ	三号

맹관총창1)

김시종

기울이면
대구르르 하는
소리가 난다고 한다.

빈 동공을
오른쪽으로 잇는
관자놀이 쪽
구멍.

땅콩
뇌수를
다 빨아들여
완전히 풍화한
푸른 부스럼딱지.

나는 그놈들을
다시 한 번
던져 넣는다.

---

1) 맹관총창盲管銃創: 탄환이 체내에 박히는 부상

대후두의 구멍을 막고
높이 들어 올리자

목탁보다 믿을만한
염불이 나왔다.

댁대글 댁대글
떼굴 떼굴
떽 떼구르르
도굴 도굴

햇볕에 비춰보면
약한 불처럼
들여다보이는
두개골 구멍

가시연 씨보다
강인하고
영원히
웅크리고 앉아있는
권총 탄환.

적도를 넘어
버마에서 돌아온
촉루에

새하얗게
바랜 의식이
뒹굴고 있다.

국어작품을 계간으로!

15호부터 인쇄가 타이프공판인쇄로 되었기 때문에 종래의
국어작품란을 일괄해서 계간으로 만들기로 했습니다.

国語作品を
季刊で！

十五号から印刷が孔版判になりまし
たので従来の国語作品欄を一まとめ
にして季刊で出すことになりました。

김시종 작품의 장과 그 계열
- 시집 『지평선』이 의미 하는 것-
허남기許南麒, 홍윤표洪允杓, 무라이 헤이시치村井平七,
쓰보이 시게지壺井繁治, 오카모토 쥰岡本潤, 오임준吳林俊,
고토 야에後藤やゑ, 오노 교코小野京子

4월에 보내는 편지

허남기

지금 나는 여행길에 있다

지금 나는
일찍이 자네가 온 여기
일찍이 내가 지나갔던 그곳
그리고 언젠가는
자네나 나도 더듬어 가야하는
이 일본의 끝자락 섬
그리고 거기에서 조선이 시작된다고 하는
그 지점을 향해서 여행을 서두르고 있다네
거기에서는 일본 본토보다도
조선이 가깝고

거기에서는 화창한 날에는
우리들의 고향 땅이 보이고
극도로 치열했던 그 전쟁 때는
포성이 바다를 건너 들렸다고 하는
현해탄과 조선해협 사이의 그 섬
일본인에게는
흔해빠진 섬에 지나지 않지만
그러나 우리들에게는
너무나도 생생한 추억이 많은
그 지점을 향해서 여행을 서두르고 있다네

0

창밖으로 일본이 빠르게 지나가네
내 위에 쌓인 지도가
한 장 한 장 떼어져 날아간다네

조선에 대한 추억이

내가 탄 차에 박차를 가하고
내 마음에 채찍질을 한다네

나는 자네의 시집을 펴고
나는 내 마음을
가라앉히기 위해
자네의 '지평선' 속에서 조선을 펼친다네

그것은 나의 가난한 여행 가방 속에
숨겨온 단 한권의 시라오

나는 자네의 조선을 읽는다오
나는 자네의 조선에 가만히 눈물을 짓는다오

0

조선은 눈물을 흘리기에는
너무나도 냉엄하지
조선은 한숨과 슬픔을 보내기에는
너무나도 목말라하지
조선은 내가 눈물을 흘리기 위해

존재하는 것이 안일지인데
그러나 나는
남몰래 눈물을 흘린다오

하여 나는
내 안에 눈물을 주체 못한다오

　　　　0

-　이것은 자네의
시 탓이 아니라네

-　이것은 내 안에 있는
일그러진 조선 때문이라오

-　나는 이것을 느낀다오
내 안에 있는 눈물이 헤픈
조국을 생각 한다오

-　그리고 나는 그것을
내게서 쫓아낼 것을 맹세 한다오

-　그런데 아아 그런데
김시종이여

자네 안에는
이런 눈물은
없는가
자네 안에는
이러한 조선은
없는가

　　　　　0

나는 내 마음속에 품고 있는
푸른빛의 조선을 펼쳐본다오
그리고 거기에 그려진
산과 강과 마을을 본 다오

아아   얼마나
변두리 야시장에서 팔고 있는 유리구슬처럼
천박하고 경박한 고향인가

나는
그 위에서 책상다리를 하고 앉아있는
나를 발견한다오

그리고 그것에 사로잡혀
안겨서 울고 있는
자신을 발견한다오

- 나는 견딜 수 없게 되지
그리고 서둘러서
그 지도를 접는다오

아아 얼마나 싸구려 연극 각본가 같은 나인가

         0

나는 지금
그러한 내 마음 속에 있는
푸른 조선을 버리러
간다오

어디에도 버릴 곳이 없었던
이 온갖 신파 같은 것
또 다른 나를
버리러 간다네

김시종이여
자네도 지금의 자네에게서
빨리 강하고 씩씩한 자네에게
자네의 지도를 버리고 빠져나오는 것이 좋다네

자네의 조선은 나의 조선과는 다르네
자네의 조선은 나의 그것보다는 건강하지

그러나 자네의 그것도
왠지 초라한 음률을 연주하고
왠지 모를 트레몰로가 흐른다네

         0

김시종이여

빨리 일어나게
빨리 회복하게
나는 지금

자네가 사는 오사카에서
내려   문병도 못하고
혼자서 서쪽으로
여행을 서두른다네.

[유민의 기억에 대해서]
- 특집 『지평선』 독후감에서-

홍윤표

소수 재일조선인 시 창작자 중에서 김시종이 시집 『지평선』을 발행한 것에 우선 나는 경의를 표한다. 지금까지 재일조선인 시인의 이름을 말할 때 허남기라는 이름만으로 말하고 끝날 정도로 우리 주변에서는 시를 너무 쓰지 않았다. 이러할 때 김시종이 시집 『지평선』을 간행한 것은 앞으로 시 창작자들에게 큰 용기를 준 것이다. 그러한 의미에서 김시종은 재일조선인 시운동에 한 획을 그은 것이고, 시집 『지평선』을 규명해 가는 것이 재일조선인 시의 당면 과제와도 결부된 것이라고 생각한다. 여기에서 내가 말하고 싶은 것도 이러한 과제와 관련된 것이기도 하고, 동시대의 시를 쓰는 사람으로서 느낀 문제점이기도 하다.

『지평선』에서 김시종은 시의 소재를 조국통일독립을 염원하는 재일조선인의 투쟁의 장에서 찾고 있다. 그것은 허남기가 재일조선인 현실의 장에서 벗어나 시의 소재를 직접 조국에서 찾은 것과 달리, 김시종은 자신이 처한 현실을 규명하려 하면서 허남기를 극복하려고 하는 의욕과 자세에 있다. 내가 공감하는 것도 이 문제를 제기하는 방식이다. 그러나 김시종은 자신을 그렇게 자리매김하면서, 여전히 시의 현재적 과제와는 좀 먼 지점에서밖에 나에게 문제를 제시해주지 않았다.

시의 방법에 있어서 김시종은 사회주의 리얼리즘을 지향

하면서도 시집 『지평선』의 작품 저변에 흐르고 있는 것은
유민의 기억에서 벗어날 수 없는 시인의 감성이었다. 여기
에 시인 김시종의 모순이 있고, 해결해야만 하는 문제가 있
음에도 불구하고, 김시종은 그 내부에 유민적인 서정을 품
은 채 현대시적인 시야에 들어가려 하고 있다. 따라서 거기
서는 우리들 재일조선인 시창작자들과 독자가 가장 알고 싶
어 하는 자기혁명의 프로세스를 보여주지 않는다. 해방되었
다고는 하나 우리 재일조선인의 일상생활은 여전히 비참하
다. 조선민주주의 인민공화국이라는 새로운 미래가 약속되
어있지만, 일본정부의 대수롭지 않은 조치조차 예민하게 반
응하지 않을 수 없는 현실이니, 자칫하면 퇴행적인 유민의
기억에 꽉 차있지 않다고 누가 단언 할 수 있을까? 단지 여
기에서 벗어날 수 있는 길은 치열하게 자기내부까지 투쟁하
는 것만이 우리에게 새로운 미래의 전망을 약속해 주는 것
이다. 요컨대 김시종은 낡은 것 위에 새로운 것을 얹은 채,
그 내부에서 대립물과 투쟁하지 않고, 낡은 유민적인 서정
과 새롭게 진보하는 이데올로기를 타협시킨 점에서 그의 사
회주의 리얼리즘의 출발을 볼 수 없는 것이다.
　시험적으로 조국해방전쟁 때에 노래한 작품들 중에서 「쓰
르라미의 노래」를 살펴보자.

　푸른 나뭇잎 그늘
　쓰르라미의 노래는
　애처롭고도 슬픈 고향의 노래라오

이것은 제 1절인데 그 다음 절에서 시인은 우리나라의 숲은
태워져 쓰르라미가 사는 푸른 잎을 네이팜폭탄油脂燒夷彈으로

깡그리 태워버린 침략자에게 깊은 증오를 노래하고 있다.
거기에 다시 제 4절이 시작된다.

　　푸른 나뭇잎 그늘
　　쓰르라미의 노래는
　　멀고 먼 옛 노래라오,

　　지금은 돌아가신 우리 할아버지가
　　풀피리 불며 달래주었던,
　　눈 깊숙한 곳의
　　나의 조국이라오,

　　푸른 나뭇잎 그늘
　　쓰르라미 노래는
　　분노와 노여움이 서린 노래라오

　여기에서 이 노래가 끝나고 있는데 쓰르라미의 노래는 네
이팜탄으로 타버린 슬픈 고향에 대한 노래이고, 그것은 먼
옛날의 노래이기도 하며 조부가 살았던 일본 식민지시대의
유민의 기억이었다. 더구나 이 쓰르라미는 조국이 영웅적으
로 싸운 해방전쟁이 한창일 때 근대적인 대량살인 병기를
앞세우고 온 침략자에게 낡은 유민의 노래를 노래하면서 노
여움을 던지고 있는 것이다. 아마도 살 곳을 잃은 쓰르라미
는 김시종에게 안주의 땅을 찾았을 것이다. 이미 존재이유
가 없어졌을 전시대적인 조선의 애조 띤 음률은 자기변혁의

투쟁이 없는 토양에서 슬며시 뿌리를 넓히고 있는 것이다.
이러 할 때 시인은 조국이 자신의 것이 되기 위해서는 –

　　나를 잊지 않은 당신을 믿고
　　나는 당신의 숨결과 만나려하오
　　맹세를 새롭게 눈물을 새로이
　　내 핏줄을 오직 당신의 가슴에만 바치오

라고 쓰고 있다. 잊고 있는지 아닌지는 김시종 자신이 가장
잘 알고 있을 터인데, 더욱 나를 잊지 않은 당신을 믿지 않
으면 안 되는 것이다. 다시 말하면 새롭게 변혁되어 가는
조국이 늘 그를 기억하고 있지 않으면, 김시종은 스스로를
잃어버리고 마는 것이다. 여기서 김시종 자신은 조국의 일
부라고 하는 능동적인 위치가 아니고, 변혁되어가는 객체에
순응하려고 하는 주체의 수동적인 위치로밖에 스스로를 감
지할 수 없게 되어버렸다.
　또한 그는 우리들 주변의 일률적으로 고함치는 슬로건 시
를 부정하고, 더욱 다각적으로 대상에 다가가려는 방법의
하나로, 고함치는 것에 대해 오히려 중얼거림을 사용하고
있는데, 그 중얼거림도 그가 말하는 폭발력 있는 엄청난 감
정의 중얼거림이 아닌, 문자 그대로 중얼거림이라고 하는
소극적인 것으로 끝나버렸던 것도, 그 저변에 변혁이 이루
어지지 않았기 때문일 것이다. 그 때문인지 아닌지 김시종
의 시구는 매우 쉽고 뛰어나다. 또한 그렇기 때문에 그가
민중시인 이유이기도 하겠지만, 어쩐지 그 뛰어남은 장인적
인 뛰어남과 통한다고 느끼는 것은 나 혼자뿐일까? 그가 아

무리 다각적으로 대상을 노래하려해도 거기에서 결과적으로 생겨나는 것은 역시 유형적인 것 밖에 없고, 그리고 또한 그것은 독자가 갖는 유민적인 서정에 공감의 장을 얻으려고 하는 위험성조차 내포하고 있지 않은가?

그 뛰어남은 자기 내부 (저변)에 변혁이 일어나고 있지 않기 때문에 손재주가 좋은 것으로 끝나버려서, 결국은 노호에 찬 슬로건 시에서 보이는 것 같이 객체와 주체와의 위치가 평행선상을 서성이고 있는 꼴이 된 것이다. 변혁될 수 있는 객체에 능동적으로 주체를 교차시켜서 시시각각 변화해 가는 함수적인 선상에 있어야 할 가능성을 이끌어 내지 못했다. 여기에 김시종이 허남기를 극복하려고 한 의욕과 자세에도 불구하고, 우리들 앞에 시의 오늘날의 과제와는 거리가 먼 지점에서밖에 보이지 않는 원인이 있는 것이다.

이러한 집요한 유민적인 서정에서 김시종은 도대체 어떻게 벗어날 수 있을까?

　　나는 당신의 집요한 애무에서
　　벗어나기를　소망한다.

이것은 시집 『지평선』의 마지막 작품인데 "그 터무니없는 포용력은 바다도 산도 한껏 포용하면서도, 거꾸로 이러한 나를 안고 놓지 않는다"는 것이며, "이대로 나는 또 누군가를 죽이지 않으면 안 될 것이다, 나는 너무나도 당신의 사랑으로 큰 피해를 당했다"고 노래하고 있다.

　　우리들의 맹세는 이제 당신을 필요로 하지 않을 것이니
　　당신은 그냥 나의 시의 원고에서만 숨을 쉬는 것이 좋을 것이다.

　아버지와 아들을 갈라놓고
　나와 나를 가른
　'삼팔도선'이여
　당신을 그냥 종이 위의 선으로 되돌려 주려한다.

라는 문장으로 이 작품 (당신은 이제 나를 관리할 수 없다)
은 끝나고 있다. 이것이 만일 시인 김시종의 내부변혁 프로
세스의 한 단면도라 한다면, 역시 나는 거기에서 좀 부족함
을 느끼는 것이다. "필요로 하지는 않을 것이라서"라고 한,
"뭐 일 것이다"가 갖는 애매함과 무의지성에서 아직 "나
와 나를 가른" 38도선이 시의 원고에서 숨 쉴 수 있는 여지
를 주고 있는 것이다. 우리들은 지금, 전 민족적인 과제로써
이 삼팔도선 철폐를 위해서 투쟁하고 있는데, 소망하고 있
다는 관념적인 수사만으로 "마음의 왕래에 감찰을 마련할
수 없다"고 하는 실천적인 결과가 생겨 날 수 있을까? 아
니 오히려 "나의 시" 속에서 삼팔도선 철폐투쟁이 전개되어
서 나를 가른 것에 대한 추구가 있어야 했던 것이다. 그 추
구는 동시에 내부를 향한 추구로도 이어져야 하는 것이다.
그러한 것에 따라서 낡은 것과 새로운 것과의 대립물과의
투쟁 속에서 그가 지향하는 사회주의 리얼리즘의 방법을 이
끌어내야 하는 것이며, 그 낡은 토대에 새로운 것이 교체되
어야만 하는 것이다.
　시집 『지평선』은 김시종의 이런 태도가 나에게 보였다.
문제는 이제 막 출발하기 시작한 것이다. 민중 시인으로서

뛰어난 소질을 가진 김시종이 앞으로 어떻게 자기 변혁을 달성하여 사회주의 시인으로서 성장해 가는가, 그리고 재일조선인 시의 당면과제 한가운데로 들어 왔는가는 앞으로 남겨진 문제이다.

그렇다 치더라도 시집 『지평선』은 모순을 모순으로 우리들 재일조선인 시창작자에게 확실히 제시해 주었다. 이것이 내가 이 원고 처음에 『지평선』을 규명해 가는 일이 우리들 시의 오늘날 과제에 연관되는 것이라고 썼던 이유이다. 김시종으로 대표되는 이 위치야말로 실은 우리 재일조선인 시의 현상이라고 내가 여기에 쓴다면 과언이라 할 수 있을까?

우리들은 지금 새로운 시대에 살고 있다. 그리고 이 새로운 시대에 어울리는 시 방법이 확립되어야 한다. 조선민주주의 인민공화국 공민으로서의 긍지를 부여받은 이 시점에, 유민의 기억으로 연결되는 일체의 부르주아 사상이 우리들 주변에서 일소되어야만 하고, 그렇기 때문에 작열하는 자기 내부투쟁이 우리 주변에서 일어나야만 할 것이다. 그때야말로 시는 선전이고 선동의 무기로써 충분한 효용성을 갖고 우리들의 대열에 되돌아올 것이다.

쓰보이 시게지

새해를 맞이해 건강을 기원합니다.

작년 말 신일본문학회에서 시집 『지평선』을 보내주셔서 감사합니다. 바로 감사의 편지를 보내야 하는데 연말연시 정신없이 바빠서 실례를 했습니다. 어제 짬을 내서 전부 읽었고 깊은 감명을 받았습니다.

허남기가 일본어로 많은 시를 쓰고 일본의 민주적인 시 운동에 큰 역할을 다했습니다만, 그것에 이어서 젊은 당신이 이만큼 뛰어난 업적을 우리들 앞에 보여준 것에 무척 기쁩니다. 오노小野군이 서문에서 말하고 있듯이, 당신의 시에는 조선민족의 노여움이 전체의 주제로 되어있음에도, 음울한 것이 아니라 허남기 시보다도 훨씬 활동적인 자세가 나온 것 같습니다.

당신의 시는 감정기복은 강하고 크지만, 그러면서도 감정에 빠지지 않고 지적인 구조로 강하게 지탱되고 있습니다. 「확실히 그러한 눈이 있다」라고 하는 시 등에 특히 마음이 끌렸습니다.

더욱더 좋은 작업을 하시도록 기도하겠습니다.

쓰보이 시게지

김시종 님

[김시종 시집『지평선』평]
- 허남기를 극복하지 못한 김시종과 그 주변에 대해서 -

무라이 헤이시치

시집『지평선』은 우선 김시종이라는 시인을 서사 시인으로 규정하고 있는 것 같다.

그것은 허남기가 시집『화승총 노래』와『조선 겨울이야기』안에서 보인 것 같은 일관성에 대해서가 아니라, 도라지, 도라지와 아리랑에 포함되어 있고, 더구나 허남기가 이러한 옛날 민족가요의 중핵이 되어 있는 옛날부터 이어온 조선의 이야기성을『화승총 노래』와『조선 겨울이야기』에서 빈틈없이 계승한 지점에서 출발한다는 의미에서, 똑같은 이야기 시인이라 해도 김시종과 허남기는 시인으로서의 입장은 확연히 구별되어야 한다. 허남기는 자신의 앞에 있었던 민중, 허남기와 허남기 안에 있었던 이야기성을 동시에 자신의 시야에 넣고 있는 시인으로서, 김시종은 허남기보다도 보다 새로운 기질의 시인 것은 사실이지만, 허남기와 허남기 앞에 있던 민중을 이어주는 연장선상에 있고, 또한 허남기와 허남기 안에 있던 이야기성을 묶는 연장선상에 위치하는 의미에서 본질적으로는 아직 김시종과 허남기를 구별하기 어려운 위치에 김시종이 있다는 것은 부정하기 어렵다.

진실로 민중을 테마로써 추구하고 새로운 시 방법론으로써 이야기성이라는 비교적 민중에게 받아들이기 쉬운 형식을 도입하려고 한다면, 일본의 과거 시인들과 허남기 등이 시작하고 시도해온 민중과 상대하는 방법 - 말 걸기와 불러보기 형식에 의한 센티멘털한 민중과 마주보는 방법, 또는 적의 존재를 지적하는 것에서 시작되는 피해의식과 그 연대감정의 고백. 또는 어떤 종류의 영웅주의로 지탱된 자학형식 - 은 자기내부 감정도 포함한 민중과의 관계를 거절하는 방법으로밖에 극복할 수는 없을 것이다.

더욱이 이러한 여러 형식 중에서 쉽게 사용되어온 서사구조도 또한 어떤 종류의 영웅주의와 피해의식과 그 연대감정의 고백으로 우리들을 내모는 충동을 거절하지 않는 한, 서사구조에서 안이함을 제거하여 서사구조 독자의 리얼리티를 회복하고, 서사구조로 현대시 방법론의 진열에 보탤 수는 없는 것일까.

사회주의 리얼리즘을 표방하는 오늘날의 시인들조차도 민중과의 연계방법에 있어서, 이야기성 도입 방법에 있어서 과거 시인들이 범해 온 오류의 동기를 예외 없이 계속 재미없이 되풀이하면서 끌어안고 있다. 이제는 거의 습성으로까지 동화되어 버린 그러한 인습 - 민중과의 센티멘털한 대립(이라고 하는 것은 자신과의 센티멘털한 대립)과 그것에 의해서 일그러져 그 센티멘털리즘의 정기항로가 되어버린 서사구조 - 이 김시종에게 과연 어떠한 표현방법을 하고 있을까. 김시종이 허남기같은 리얼리즘에서 허남기를 자신의 시야에 넣는 것으로 김시종 독자의 리얼리즘을 주장하기에 이른 프로세스에서 기념비적인 작품이라고 하는 「후지富士」를 조목조목 인용하면서 김시종이 극복해 가야만한다고 생각되는 몇 가지 문제점을 조명해 보자.

※※※
　나는 이 꽃 하나하나를
　본 기억이 있다
　진달래 연꽃 들국화 제비꽃
　마음에 고향을 갖고 있는 사람이라면
　누구라도 알고 있는 꽃 이름이다

　이것은 「후지」의 제 1절인데 우선 눈에 띄는 것은 ①본 기억이 있다, ②마음에 고향을 담고 있는 사람, ③누구라도 알고 있는 - 이 세 개의 구이고 문제가 되는 것은 이 발상의 장이다.

　이 작품 모두에 작자는 "본 기억이 있다"라고 하는 말을 두는 것에 의해서, 미리 독자와의 사이에 공통의 장을 설정하려고 한다. 그리고 그 '본 기억'이라고 하는 작자로서는 뒤돌아보는 자세를 독자에게 제공하는 것에 의해서 '마음에 고향을 갖고 있는 사람'의 동지로서의 공감을 호소하려고 한다. '누구라도'라고 했던 것처럼 말이다.

　그렇게 긍정적으로 과거의 기억과 고향에 대한 감회를 서로 공감할 수 있는 풍토에서밖에 김시종의 시가 성립하지 않는다고 한다면 - 게다가 이러한 상황 속에서 여전히 그는 시인으로 있어야만 한다는 결의를 한다면 - 그는 허남기와 허남기 앞에 있던 민중을 잇는 연장선상에 있음을 포기하고 허남기와 허남기 앞에 있던 민중을 이어주는 선을 저변으로 하는 피라미드 정점에 스스로를 놓아야 할 것이다.

　그 피라미드의 정점은 엄청난 고독이 이를 데 없고, 시인으로 달성하기 위해, 거기에 닿기 위해서는 어쩌면 '누구라

도 알고 있는' '마음에 고향을 담고 있는' '본 기억이 있다'
라고 한 말로 조달할 수 있는 안이함은 홱 벗어 던져야겠지
만, 그 정점에 도달했을 때 비로소 허남기와 허남기 앞에
있던 민중이 어떠한 오류 속에서 서로를 위로했는지가 확실
해 질 것이다. 그러한 피라미드 정점에서는 이 방법론적으
로 김시종의 현재의 그것과 얼마나 근본적으로 어긋났던 것
인가가 확실해 질 것이다.

  – 동물은 배가 고프면 직접적으로 먹이를 구하고, 먹이를
얻지 못하면 굶어죽던가, 동족을 서로 잡아먹던가하는 일이
벌어지지만, 인간은 먹을 것을 구하기 전에, 우선 먹을 것을
구하는 것과는 전혀 동떨어진 행위, 즉 돈을 버는 일에 종
사할 것이다.

 다시 거슬러 올라가면 돈을 얻기 위해서, 먹을 것을 필요
로 하면서도 음식을 먹는다는 것과는 전적으로 반대되는 행
위, 즉 배가 고픈 노동에 종사하는 것이다. 그것이 기술이
고, 동물과 인간을 구별하는 것의 하나이다. – 라고 하는
의미의 말을 호세 오르테가[2] (스페인 철학자)는 『기술이란
무엇인가』에서 서술하고 있는데, 이 기술론의 극히 초보적
인 정의는 일본의 민중시인을 포함한 허남기 이전의 리얼리
즘의 오류를 예리하게 지적하는 것 같다. '누구라도 알고
있다' 고 다른 사람에게 호소, 시를 민중감정과 어떤 종류
의 정치적인 배려와 그 밖의 전달수단으로써 사용하는
한, '배가 고프면 직접 먹이를 구하'는 동물의 특성에 꼭

---

2) 호세 오르테가 이 가세트 (José Ortega y Gasset, 1883년 ~ 1955
   년) 는 스페인의 철학자. 프리드리히 니체와 현재의 실존주의 중간쯤
   에 위치하는 철학자로서 사상은 관념주의적 '생의 철학'에 기반을 두
   고 있다. 대표적인 저작으로는 『대중의 봉기』가 있으며 스페인 문화
   발전에 많은 기여를 하였다.

들어맞는 것이다. 하물며 '마음에 고향을 갖고 있다'는 등의 차원에서 안이하게 민중과의 관계가 거기에 끼어드는 한, 서로를 위로한다고 해도 '동족 간에 서로를 잡아먹는' 일이 빚어지지 않는 미래에 대한 어떠한 투기 – 예를 들면 '먹이를 필요로 하면서, 먹는다는 것과는 전혀 반대되는 행위'로 자신을 포함한 민중의 관심을 전화하는 계기 – 를 잡는다는 것은 불가능할 것이다.

※ ※ ※

조선의 산야에서
가장 심하게 꺾인 것은
이 꽃이었다
중국대륙 산골짜기에서
가장 짓밟힌 것도
이 꽃이었다
모조리 태워져 버린
히로시마의 언덕에서
남모르게 피어난 것도
이 꽃이다

이것은 같은 작품 제2절이다. 작품에 입각해서 해석한다면 제1절에서 진달래, 연꽃, 들국화, 제비꽃이라고 제시된 꽃들의 이름은 그대로 조선인 중국인 일본인의 – 소위 학대받은 사람들의 – 대명사인 것과 동시에 그것은 그 사람들에 대한 작자의 부르는 방법으로서 상징적인 위치가 부여된다. 물론 작자 내부의 그러한 존재에 대한 호소도 포함되어 있다.
  그렇지만 문제는 다음 장에서 보다 확대된 형태로 끌어들이고 있다.

※ ※ ※
  모토스코本栖湖 포대에서 바라보는
  완만한 구릉에
  지금 불도저가
  철 발톱을 밀어붙이고 있는
  새까만 캐터필러3)를 잠식시키면서
  이 무한궤도는
  내 시선 끝까지 이어지고 있다

  결국 여기에서는 역력하게 현상적으로도 한 장의 조감도
가 있고, 작자 발상의 장 – 내용– 도 다분히 조감도적인 자
세를 나타내고 있다. 회화의 경우를 봐도 대상 – 풍경 –을
조감도적으로 받아들인 방법은 이미 거절되어, 현대회화 대
부분은 조감도적인, 요컨대 거시적인 장에서 미시적인 장으
로 이동되어 있다. 조감도적인 발상은 알기 쉽게 말하면, 늘
바라보는 것이 요구 되는데, 바라보고 있는 한, 대상과 작자
사이에는 바라보고 보여 진다는 관계밖에 성립되지 않는다.
여기에서 특히 조감도적인 발상법을 지적한 것은, 이 바라

---

3) 쇠로 만든 판 여러 개를 띠처럼 서로 연결하여 차의 앞뒤 바퀴에 걸어
  놓은 장치. 회전시켜 차가 주행하도록 하는데, 지면과의 접촉이 커서
  굴곡이 심하거나 질퍽한 곳에서도 자유롭게 움직일 수 있다. 트랙터나
  불도저, 전차, 장갑차 따위에 쓰인다.

보고 보여 진다고 하는 관계는 『지평선』 1권의 모든 작품의
근간으로 되어 있고, 그것이 허남기와 허남기 이전에 있던
민중과의 관계로 연결하는 것이고, 김시종으로 하여금 허남
기와 허남기 이전에 있던 민중에게 닿을 수 있는 선을 근저
로 한 피라미드의 정점으로 자리매김할 수 없는 최대의 원
인이 되어 있는 까닭이다.

　동시에 이것은 오늘날 모든 사회주의 리얼리즘 시의 근간
이고 그 바라보고 - 보여 지는 관계의 거절을 언급한다면,
그 사람은 곧바로 이단시될 정도로 병의 뿌리는 깊고, 그리
고 아직도 만연하고 있는 것이다.

※ ※ ※
　만일 후지가 관통을 허락한다면
　그 탄도가 향하는 쪽은 조선이겠지
　그러나 후지는 움직이지 않고
　자신의 산중턱에 포탄을 껴안은 채
　후지는 미동도 하지 않는다

　활짝 갠 5월 하늘 아래
　짓 눌려진 야생화가
　하나하나
　부들부들 몸을 떨면서
　다시 일어나는 것이 내게는 보인다

여기에서 「후지」는 끝나고 있다. 여기에서는 제4, 5절을

그리고 전체적인 총괄을 시도해 보고 싶은데, 그 전에 역시 작품에 입각해서 제4, 5절 해석을 해보자.

우선「후지」란 무엇인가.「후지」는 이 작품의 제목이기도 하지만 '꽃'과 함께 이 작품의 중요한 주제를 형성하고 있는「후지」란 – 물론 '후지'란 '후지'로 읽고 '꽃'은 '꽃'으로 읽어야 하지만 – 이미 살펴 본대로 '꽃'들이 만약 조선인에 의해서 대표되는 학대받은 사람들을 상징하고 있는 것이라면 '후지'도 또한 의인적인 성질을 짊어지고 있다고 봐도 좋을 것이다. 조금 당돌할지도 모르겠지만, 그것은 김일성이든 김시종이든 상관없다. 문제는 그것이 아니다.

작품「후지」를 일관하고 있는 조감도적인 발상법이 똑같이 작품「후지」를 포함한 시집『지평선』을 일관하고 있는 서사구조와의 관계로 파악될 때, 김시종을 서사시인으로서 규정한 처음으로 돌아가야만 한다.

김시종은 나의 유일한 조선인친구이다. 더구나 서로 친구로 인정한지 아직 일주일정도밖에 되지 않은 따끈따끈한 친구이다. 누군가에게 급하게 채근당하기라도 한 것처럼, 대상을 찾는 것이 누구보다 더 격렬한 친구이다.

나도 또한 나 자신의 문제로 지겹도록 조선인의 추악하고, 비참하고, 구질구질하고, 구역질을 나게 할 것 같은 장면을 목격해 왔다. 일전에 시집『지평선』에 대해서 김시종과 서로 만나 이야기 했을 때도 그러한 조선인 일반의 비참한 환경과 그것을 초래한 조선이라는 나라의 역사, 조선인과 일본인의 입장 차이 등에 대해서 김시종 측으로부터 문제가 제기되었던 것을 기억한다. 당신들이 정말로 '마음에 고향을 담고 있다'면 시 따위는 쓸 필요는 없지 – 라고.

그리고 나에게도 마음에 품고 그것을 서로 자랑할 만한 고향이 없는 것처럼 당신들에게도 사실은 고향에 대한 환영밖에 없는 것이다. 마음에 고향이 없기 때문에 우리들은 시를 쓸 때 먼 과거에 상실한 고향을 미래로 설계해 가야하는 것이다. 되찾는 것이 아니라 완전히 새로운 고향을 만들어 가기 위해서는 '본 기억'은 쓸모가 없다. 자네가 기억을 상실한 채 지구문명과는 인연이 없는 세계로 추방되었다고 한다면 거기에서는 자네가 전적으로 신뢰 할 수 있는 새로운 고향이 창조되어지는 것이 아닌가.

거기에 모두의 지향성을 통일하고 거기에 다다르기 위한 방법론을 시인은 시로서 탐구해야 하는 것이고, 그러기 위해서는 시를 민족감정과 어떤 종류의 정치적인 배려와 그밖의 단순한 전달의 수단으로만 삼는 것은, 앞에서 인용한 오르테가의 말을 들을 필요도 없이 시를 수단 속에서 분에 못 이겨 죽어 버리게 하는 것이 아닌가 - 하고, 나는 자네와 자네 주위의 사람들에게 힐문하는 것이다.

물론 바라보고 보여 진다고 하는 관계의 방법은 조선인이 갖고 있는 것 같은 허무주의에서 배태된 것만은 아니다. 그러한 관계는 동시에, (가득차서) 사고의 정지 상태에 빠진 인간 사이에 일어나는 헐레이션4)과 같은 무의미한 현상이기도 하지만 그 사실은 조감도적인 발상을 매개로서 민중과 자신을 대립하는 한, 그 자신과 민중은 언제까지나 타자의 의지에 의해서, 쉽게 왼쪽에서 오른쪽으로, 오른쪽에서 왼쪽으로 움직여지는 수동적인 위치밖에 허락되지 않을 것이라는 것을 뒷받침한다. 결국 바라보다 - 보여지다, 라고 하는

─────────────

4) 광선이 너무 세서 피사체 주변이 부예지는 것을 말한다.

관계를 통해서, 아무리 중요한 사항이 전달되었다 하더라도, 그것은 진정한 혁명으로의 에너지로 변화는 것이 아니라, 모든 것은 조선민족 특유의 약간의 애조를 띈 허무주의 속으로 해소되어 버려서, 개인의 각각의 저항력 – 허무주의라고 해도 좋다 – 으로써 축적되어 새로운 고향을 미래로 창조하기 위한 원동력으로는 될 수 없을 것이다.

내가 이 글을 쓰면서 가장 하고 싶은 말은 그럼에도 불구하고 시란 전달의 수단이 아니라 독자 앞에 무엇보다도 거대한 곤혹을 내던지는 작업이며, 그것에 의해서 시는 다른 어떠한 예술형식보다도 뛰어나다 – 라고 하는 것이다.

오카모토 쥰

귀 시집 『지평선』을 받았습니다.

요즘 천박한데다 에두른 형식의 시들이 판을 치고 있어 한심하다고 생각했었는데, 이 『지평선』의 일견 단순하면서도 대상에 직접적으로 맞닥뜨리고 있는 작품에 감동했습니다. 우리들의 시에서 필요한 것은 이것이라고 생각합니다.

또 다음 기회에 감상을 쓰겠습니다만 우선 감사의 말씀을 올립니다.

건강에 유의하시고 건투를 기대하겠습니다.

시우詩友의 한사람으로서

오 임준

전략. 발문에 있는 대로 "일본어가 아니고서는 용무를 다 처리할 수 없는 기형화된 조선청년이 일본에는 너무나도 많다는 것, 결국 나도 그 중의 한사람인 것을 차제에 솔직하게 인정하며, 일본에서 민족교육방법과 함께 앞으로의 과제로 하고 싶다고 생각하고 있다"라고 한 것처럼 이 문제는 김시종 한사람만이 그렇게 생각하고 있는 것이 아니라, 어쩌면 현재 어떠한 형태로 문필활동에 종사하고 있는 사람 모두가 품고 있는 고민일 것이네. 나도 너절한 시를 써온 사람인데 그것이 모두 일본어라고 하는 사실은 정말로 슬퍼해야 할 일로, 결코 자랑거리가 되지 않지. 고뇌의 종류는 여러 가지 있지만, 우리의 고뇌에서 가장 큰 것이지. 그렇지만 조선에서 성장한 인간의 감정과 이국 땅 일본에서 반생의 풍랑에 시달려 온 청년을 동일시 할 수 없지. 현대라는 시간은 평등하지만 받아들이는 방법의 역사적 조건은 가지각색이지. 당연하다고 할 수 있지만, 그렇게 단정할 수 없는 점에 민족에 대한 강렬한 애정과 숨결이 뛰고 있는 것이지. 김 군이 이러한 의미에서 그 발문을 자신이 쓴 것인지 아닌지는 불명확하지만, 여하튼 이것은 자네의 시를 이해하는데 중대한 요소가 아닌가하고 나는 어떤 친구에게 들었는데 나도 지금 여기에서 다시 공감을 표하는 바이네.

생각지도 않은 방향으로 빗나가 버릴 것 같기 때문에 펜을 앞으로 되돌리면서 자네에게 말해두고 싶네.

　자네의　시를　처음으로　접한　것은『조선평론』에　나온
'카메라'였지. 그　때　받은　감동은　신선했어.
　그　부딪힐　것　같은　단어의　배열, 조금의　센티멘털리즘도
보이지　않는　즉각적이고　간단명료한　진행과　날카로운　주관
에　압도되었다네. 같이　전후에　발표된　허남기의 '우리들에
게는　무기가　있다'와　비교해도　하등의　손색이　없다고　이찬
의李贊義가　말했지. 자네의　시는　그　당시에　이미　서정을　부
정하려고　한　냉엄한　기백과　같은　것이　요동치고　있었어.
『문학계』『현대시』『문학의　벗』등에서도　자네의　작품은　한
마디로　지면을　울리듯이　실렸지. 1954년　6월에　발표된 「처
분법」은　자네의　시　활동　가운데　도달　할　수　있었던　어떤　지
점이고, 거슬러　올라가서　3개월 「남쪽　섬」에서　이미　자네의
시법은　명확한　방향과　하나의　타입을　만들었다고　말해도　좋
을　것이네. 「처분법」에　대해서　말하면　이것은　이미지가　읽
는　것에　따라서　확실해져　오는　작품이지.

　제방　위에서
　장례를　보고　있다.
　백주대낮의　공공연한　학살을
　이　눈은　확실하게　지켜보고　있다.

라고　시작해서

　타버린　사체는　틀림없이　검게　탔는데
　시대는　살아있는　채로　완전히　죽어가고　있다

로 끝나는 1편을 읽어도 알 수 있는 것처럼, 결론에 도달하기까지 확실한 수법은, 걸핏하면 이데올로기가 날것으로 반영되기 쉬운 민주주의 시의 작품 속에서 틀림없이 주목받아도 좋을 것이었지.

『죽음의 재 시집』에 수록되어 있는 「남쪽 섬」도 수법으로서는 같은 것에 속하지. (인용 작품 생략)
　이 시에는 영탄도 없고 노여움이 폭발하지도 않지. 그러나 이 시에는 원폭제조자, 전쟁 도발자에 대한 엄청난 풍자적 항의와 죽은 사람들에 대한 끝없는 애도가 있지. 그야말로 시인으로서 김 군은 언제나 투쟁이 한창일 때도 현상에 얽매이지 않고, 매사에 작가적인 직감을 갖고 대결하고 있다는 증명이네. 나는 자네의 시가 끊임없는 면학과 전문적인 연구를 게으름 피지 않은 결실이라고 믿고 있는 한사람이네. 또한 시우로서 늘 자네의 시작에 대해서 무언의 성원을 보내왔어. 단순하게 자네가 우리들과 동시대에 호흡하고 있는 연대성이 있다고 하는 것뿐 아니라, 어려운 가운데 『진달래』를 키워가며 많은 젊은이에게 시를 쓴다고 하는 것과 현실과의 생활, 행동이 결코 제각각이 아니라, 그것이 완전하게 조국과 우리들 동포에게 보내는 커다란 공헌이라는 것을 오사카에서 직접 가르쳐 온 동지의 한사람으로서 찬미하는 바이네. 단지 마지막으로 나의 희망을 말한다면 「제 1회 졸업생 여러분에게」에서 보이는 정경묘사를 빼고, 혼자서 학교 구석에 서서 누군가에게 말하는 것 같은 (그것은 그것대로 좋지만), 너무나 장황하고 길게 전부 욕심낸 '연설'은 하지 않았으면 좋겠어. 나는 시집에서 이 한편이 아무래도 마음에 들지 않는 하나이고, 압축된 사상을

단적으로 하나하나의 말로 살리고 있는 최근의 시를 알고
있기 때문에, 감히 쓴 소리를 되는대로 말해본 것이네. (후
략)

[보내온 편지 중에서]

고토 야에

전략, 저는 고베대학 생물학 연구실에서 근무하고 있는 사람으로 선생님의 시를 읽은 사람 중에 한사람입니다. 작년 말 친구가 "시를 읽고 이렇게 감격한 적은 없어!"라고 하면서 선생님의 시집 『지평선』을 나에게 보여줬습니다. 그리고 나에게도 "사서 봐!"라고 했습니다. 그렇게 해서 나는 『지평선』을 접하게 되었던 것입니다.

나는 시를 좋아합니다. 그리고 선생님의 시는 특별히 더 좋아졌습니다. 앞으로도 몇 번이나 되풀이하여 읽어보고 싶습니다.

나는 어려운 시 이론은 전혀 모르지만 지금부터 공부해보고 싶습니다. 그리고 선생님의 시를 친구들에게 알려주었습니다. 요전에 일용노동자인 아저씨를 만날 기회가 있었을 때, 선생님의 『지평선』을 보여줬습니다. 처음에는 "시 나부랭이는 우리들에게는 어려워"라고 하면서 시집을 방바닥 위로 던져버렸습니다. "어려운 시가 아니에요······"라고 하면서 다시 시집을 집어 들게 하는데 성공했습니다.

처음에는 어려운 것 같은 얼굴을 하고 읽었습니다만, "응 이것 맞아!"라고 하면서 더듬더듬 읽었지만, 힘이 들어간 목소리로 읽으며 거기에 모여 있던 우리에게 들려주었습니다. 나에게는 선생님의 시가 그 아저씨의 목소리 그 자체로 느껴졌습니다. (후략)

오노 교코

무엇부터 쓰면 좋을까 전혀 방향을 잡을 수가 없습니다.

친구에게 『지평선』을 빌려서 첫 페이지를 읽었을 때부터 "자신만의 아침을 너는 원해서는 안 된다"라는 첫줄부터 이미 내가 늘 바라고 있는! 아니 나 자신이 진실로 가져야 하는 고뇌의 근원과 생활이 거기에 펼쳐져 있었던 것입니다. 열거된 말의 그 한 구절, 한 구절이 주는 강한 힘, 격렬함, 조금의 위태로움도 없이 대지에 발을 붙이고, 약간의 타협도 없이 꼼짝 않고 응시하며 노려보고 있는 눈, 그리고 또한 먼 곳을 바라보고 있는 희망에 찬 뜨거운 의지가 넘쳐 나고 있었던 것입니다. 최근에 읽은 몇 권의 시집 중에서 이만큼 강하게 감동을 받은 적이 있었을까 - 한줄 한 줄이 마음속을 칼로 찌르는 것 같은 절규, 지금까지 이정도로 격렬한 절규를 만났던 적은 없었습니다.

『지평선』은 나의 좁은 시야를 한층 넓게 해주고, 눈을 뜨게 해주었습니다. 시집 내용이 조금의 타협도 없고, 진실을 담고 있는 만큼, 그것이 갖는 의미의 크기도 중대함을 알게 되었습니다. 그것들이 단순히 시의 언어 위에 생겨난 것이 아니고, 작가가 얼마나 턱하니 대지에 발을 붙이고 있는가 하기 전에, 얼마나 짓밟혔기에 이렇게 단련 되었는가 - 타협조차 없다는 것은, 그 전에 얼마나 도리에 어긋난 타협을 강요받았겠는가, 그런 것 없이는 어떻게 이겨낼 수 있는 힘이 나왔을까- 그런 생각을 했습니다.

그러한 의미에서 나는 진심으로 마음속 깊이 당신과 당신의 동포에게 엄청 죄송하게 생각하고 있습니다. 모든 것에 대해서 우리들과 나는 아무것도 몰랐습니다. 당신의 시속에서 그리고 최근에야 배운 일본근대사에서 여러 가지 일찍이 알 수 없었던 사실, 그리고 그 사실이 의미하는 것과 그것을 구성하고 있는 배후의 것, 그런 것을 드디어 알게 되었습니다.

나는 예전부터 조선이라는 말을 명사보다도 대명사로 사용하는 것 밖에 배우지 못했습니다. 또한 그것에 대해서 조금의 의문도 갖지 않을 만큼, 그것은 마음속에서 의미 없는 의미를 갖고 있었습니다. 그러나 나의 두뇌가 전부 기성사실에 얽매이지 않고 전진하기 시작했을 때, 점점 의문을 갖기 시작하면서, 이제 그것은 의심의 여지없이 불꽃같이 나의 주위를 응시하고 있습니다. 그러나 그렇게 내가 생각하고 있는 것은 어떤 의미도 없는 일일지도 모르겠습니다. 생각하는 것만으로는, 형태도 없고, 눈에도 보이지 않는 형태가 되어, 모든 생활위에 밀려오는 압박을 막아내지 못할 것이고, 그러한 것을 생각하는 것 자체가 자기만족이라고 남들이 말해도 뭐라고 그것에 대해서 대답할 수 없습니다. 그러나 진심으로 마음속 깊이 상대를 서로 인정하고, 고통 속에서도 어려운 생활을 차츰 희망으로 고쳐 써가려하는 노력은 결코 무의미한 것은 아니라고 생각합니다.

똑같은 고뇌 속에서 생활하면서 더구나 타국에서 이루 다 말 할 수 없는 압박과 그것에 대한 괴로움 등이 얼마나 클까 생각합니다. 그러나 여기서부터 이해하고 무언가 도울 수 있는 것은 없을까하고 마음 속 깊이 바라고 있는 사람이 여기에도 있는 것, 그것도 결코 무의미한 것은 안이라고 생각합니다. 그런데 그렇게 생각 할 수밖에 없는 인간, 도대체 어떻게 하면 좋은가 – 지금으로서는 나도 알 수 없습니다. 그러나 『지평선』을 읽고, 얼마나 감격했는지요……(중략)

얼마나 어려움이 많은 일본이라는 것을 알고 있습니다만, 더욱더 강하게 살아주시기를 바랍니다. 부디 건강에 유의하십시오.

경구 김시종 님

☆신입회원 소개

강춘자姜春子 – 이쿠노生野구 거주 리쓰메이칸立命館 대학
　　　　　　재학 중

성자경成子慶 – 아마가사키尼崎시 모리베守部 거주, 「푸른
　　　　　　생명 青い命」을 발표. 현재 투병 중

양정웅梁正雄 – 히가시나리東成구 거주, 야간 고등학생,
　　　　　　하기와라 사쿠타로萩原朔太郎를 신봉한다.

☆진달래발행소가 하기로 이전

오사카시 이쿠노生野구 이카이노猪飼野 나카中 5-28

☆新会員紹介

姜春子　生野区在住
立命大在学中

成子慶　尼崎市守部在住
「青い命」を発表
国際新聞の読者文芸に話題作
現今斗病中

梁正雄　東成区在住
夜間高校生
萩原朔太郎を信奉す。

☆・ヂングレ発行所左記に移転
大阪市生野区猪飼野中
五の二八

조선민요와 민족성

김평선

유교문화의 유입은 조선민족의 생활면에서 매우 큰 단층을 형성하고, 그것은 양반(지배), 상놈(평민)이라는 두 개의 계급으로 구별하기까지 이르렀다. 그리고 유교문화에 침식된 지배계급은 조선풍속에서 멀어져, 신선을 노래하는 시를 만들며 외국 흉내에 들떠 있을 때, 평민계급은 민족적 특질인 전통적인 정신을 유지하며 민족고유문예의 수호자로 끝없는 노력을 계속해 왔다. 그리고 민족전통의 고유문예를 지켜나가는 노력 속에서 민요는 지방의 자연적인 환경과 생산조건, 방언의 차이 등에 너무 제약을 받은 유교의 형식도덕과 불교의 초연超然 사상에 빠지지 않고, 밝고 끝없는 낙천성을 바탕으로 발전해 왔다.

그러나 낙천사상을 기조로 하면서도 그 속에 독특한 애수감이 흐르고 있는 것을 지나칠 수는 없지만, 중요한 것은 조선 민요에 흐르는 애수감은 미국 흑인영가에 보이는 염세와 체념이 아니고, 절망에서 구원과 내일의 희망을 향한 힘이 있으며 씩씩함을 주는 정신이었다.

조선에서는 봉건지배의 압력이 더해짐에 따라 민중은 자신들의 인간적 생활을 지키기 위해서 권력에 반항해 봉기를 일으킨 1811년의 농민폭동5)과 전봉준이 지도한 갑오농민전쟁 (1894)은 여러 지방이 연루된 대규모의 봉기였다. 이 시기 조선에서는 아직 노동자계급이 없었고, 따라서 노동자와

---

5) 홍경래의 난을 가리킨다.

농민이 동맹해서 싸우는 일은 없었다. 그러나 이러한 투쟁을 통해서 농민은 단결하여 계급적 자각을 높이고 민요를 통하여 인간생활의 진실을 노래했다.

이렇게 지배자 계급과 평민계급의 격차가 가장 심한 조선시대에는 더욱더 민요의 발생에 한층 박차가 가해져 정치색마저 띠게 되었다. 「파랑새」로 지배자에 대한 원망을 나타냈고 「담배 노래」 「순사 나리」로 침략자에 대한 적개심을 불태웠다. 「아리랑의 노래」로 일제에 대한 증오와 분노가 조선민중의 뼈와 살을 갈라 조선민중의 심장을 찌르며 불려졌다.

아리랑

귀신같은 왜놈 저주나 퍼부어야지
밭을 빼앗겨 또 헤어졌네

무엇을 원망하랴 나라조차 망했는데
집마저 망하는 것도 이상하지도 않지

써 주시오 또 저 귀신에게
벼도 전부 빼앗겼다고

결국 빼앗겨 먹을 수 없는 쌀이구나
에에 모르겠다. 가물어서 벼나 말라 죽여라

이렇게 민요는 혁명수단으로서 상당한 발전을 이루어 사회적으로나 역사적으로도 실로 위대한 역할을 담당하며, 단순히 민중예술의 한 귀퉁이에 존재하는 것과는 그 경향을 달리했다.

민요에는 민중의 힘의 원천인 인민의 사상 감정이 적나라한 형태로 표현되어 있다. 「농부가」「뱃노래」「기계의 노래」 등은 아름다운 애정을 잉태한 모태母胎로서의 창조적인 노동을 찬양하는 한편, 경남의 「어부가」와 같이 과거의 괴로움에 찬 노동을 엄청난 비통과 분노의 감정을 담아서 노래하고 있는 것도 있다.

짜증이 나지 않은가 세상 놈들은
우러러볼 뿐인 돌집에서
삼시 세끼의 따뜻한 밥에
하고 싶은 대로 하고 사치는 마음껏 한다네
어기야 디어라 어기야 디어차 노를 저어라

같은 인간으로 태어나
무슨 이유로 고기잡이 생활은
폭풍우가 부는 어느 날 밤에 물고기 밥……

까지는 상당히 비애 조를 띠고 있지만, 바로

이것이 고기잡이 우리들의 생업

　푸념과 한탄을 한들 무엇 하리

라고 증오하려고 한 것을 마지막에는 웃어보였던 것이다.
이 웃어 보이는 점에서 조선인의 특색이 있다. 조선어에는
"자 웃어버리게"라고 하는 말이 있는데, 그것은 슬플 때
나 괴로울 때에 말하는 것이다. 조선민중은 어떠한 고통 속
에서도 결코 슬픔에 잠긴다든지 실망한다든지 하지 않고,
언제나 "웃어 버리는"것을 잊지 않았다. 이 낙천성이 조
선민요에 뿌리 깊게 관통하고 있다.
　이렇게 조선의 민요는 소박 솔직하고, 자연적이며 야생적
이다. 그리고 늘 활발한 감정과 신선한 생활감을 갖고 있다.
　그리고 이러한 조선 민요는 기본적인 성격상 공통점을 갖
고 있다. 그것은 어떻게 밟히고 차여도 영원히 쇠퇴할 줄
모르는 민중의 정신이다.

미완성 풍경

조 삼룡

고작 저 정도의 폭풍에
모든 건조물이 완전히 무너져
잔해더미가 된
대도시가 완전히 변모한 풍경

가로막힌 것이 없게 된 푸른 하늘을 배경으로
씩씩하게 걸어오는 스마트한 여자의
훤히 들여다보이는 내부에서
이상하게 불룩해진 심장이
하늘빛으로 변해가면
번쩍이는 태양광선에
눈도 뜰 수 없는 태아가
출구를 찾아 발버둥 친다

　"몇 번이나 되풀이 된 황폐이다
　결코 종말이 아니다
　다시 재건하는 거다"
라고 외치면서 숨져가는 노인을 거들떠보지도 않은
젊은이가 생각하기 시작한다.
　"왜 황폐는 반복되는 걸까?"

숨 막히는 진공 속에서
젊은이는 계속 생각한다.
  "아직도 황폐는 반복되는 걸까?"

잔해를 파헤치면
부드러운 지면은
무한히 펼쳐진
칠 흙 같은 캔버스다.
젊은이의 이미지는
이제 예전의 대도시가 아닌
땅속 깊게 박혀있는
튼튼한 기초말뚝이
정연하게 줄지어 있는
미완성풍경이다.

미

김인삼

드디어.
그녀의 생김새가 분명해질 만큼
다가갔다.

"야간학생이야"라고
누군가가 말한
그녀는 세탁소집 딸
배달을 다니는
저 건강한 냄새에서
그의 절름발이는 찾을 수 없다.

태양은
그녀의 기발한 생각의 걸음을
떠오르게 하고
나는 둘 곳 없는 시선에 당황해서
막다른 골목에서
그녀와 대결해야만 했다.
받은 충격은
공통 기반의 고통을 잊게 하고
청년의 이상은 말로 끝나버렸다

나는
나의 처량함으로 그녀를 안고 있었다.

무슨 냄새가 나는가했더니
내가 고개를 숙이고 있다는 것을 알게 되었다
기대한 것도 아니었지만
어떤 일도 일어나지 않았던 것이
그녀가 내 얼굴을 어루만졌다

걷는 모습은 기묘했지만
확실히 그녀는 혼자였다
그것이
그녀에게 자연스러운 자세다
라고 이해했을 때
내 얼굴에서 땀이 나는 것을 느꼈다.

잃어버린 현실

정인

도회.
눈에 익은 일본 골목길이다.
빨간 파란 레온사인 아래서
모방의 기하학이 한 결 같이 자신을 주장하고 있다.
밤하늘을 댄스홀과 나눈 곳
어네스트 존Honest John[6]을 닮은
놀라운 폭발음이 났다
고 생각하자
스커트가 둥그렇게 되어 거대한 소용돌이를 만든
떼지어서있는 다리가 바닥을 두드리고 있다.

소용돌이는 급속도로 회전하고 있다.
유민의 한탄을 떠안은 채
그대로의 자세로 춤을 추고 있는데
얼굴을 찌푸리고 있는 나에게서
걱정이 없는 웃음 띤 얼굴을 보내고 있는 것이다.
자리에서 벗어난 나는
온전한 나 자신의 봄을 삼킨 채 허둥대고 있다.

---

6) 어네스트 존Honest John 미국 최초의 핵탄두 미사일. 최초발사는
　1951년이고 실전배치는 1953년 1월에 있었다.

나는
친한 벗을 찾기로 했다.
잊고 있던 고독을 질질 끌면서……

언제부터
이 버려진 세계가 생겨났을까
공장도 없고.
즐비한 집도 진열창도 없고.
심지어 영화관 같은 것이 없는.
엄청 황폐해진 곳이다.

분명치 않은 거리에서
찾은 벗은
의심의 여지없이 일본에 있다
변두리의 도회에 있다
힘찬 말소리가 들린다.
A도 있다
B도 있다
술안주에
멋지게 지구가 요리되어있다.
통풍이 나쁜

좁은 방에서
조국이 가득 차있다.
"돌아가면 삼태기라도 짊어질 거야"
A는 담배를 꺼내 성냥을 켰다.
연기가
흔들거리며 창문에서 주저하고 있다.
그 행방을 눈으로 쫓으면서
나는
화제 밖의
찢겨진 아픔을 생각하고 있다.

벌거벗은 가로수가
위풍당당하게 하늘로 뻗어가고 있다.

눈물의 계곡

이정자

나는 뜨거운 유방에 양손을 댄다
그것은
아내로서
어머니로서
며느리로서
모든 여자 몸의 뜨거운 샘의 근원

나는 뜨거운 유방에 양손을 올렸다
그것은
남편과
아이와
시어머니에 대한
또한 모든 감정의 샘을 만드는
깊고 깊은 눈물의 골짜기를 만든다

나는 생각한다
전에 어머니가
요람 그늘에서
자장가를 부르면서
깊은 계곡에서 목메어 운

뜨거운 눈물을 양손으로 숨겼던 것을 - .

어머니의 가슴을 죄고
남몰래 흐느껴 울며
아직도 목메어 우는
뜨거운 샘물의 골짜기이여
너는
여자의 일생을 완전히 씻을 수 있는가
살아가는 희망도 완전히 닦을 수 있는가

나의 뜨거운 유방에 싸여진
깊은 계곡이여
목메어 우는 뜨거운 샘물이여
젊은 어머니의 생명을 깨어나게 해다오
나의 혼을 되살아나게 해다오.

광명

김탁촌

아아 너무 심하게
이명이 울리는 시간이었다
무겁게 짓눌려오는 것을

버티는 것만으로 기운이 빠진
나였다
조금이라도 머리를 쳐드는 것이 있으면
사방팔방 거칠거칠하게 메마른
가시 숲이다
그놈을 또한 휙휙 바람이란 놈이 마구 휘저어서
조용하게 숨을 쉬는 것도
비명과 호흡이 뒤섞여
어느 쪽이 내 것인지도
전혀 알 수 없었다

나에게는 동무가 많이 있는데
모두 가슴속으로는 괴로워하고 있다
입으로는 아무도 말하지 않았지만
모두의 얼굴은 어두웠다

작은 동무도 큰 동무도
빛을 찾아서 대지를 들어올려
쉬려고도 하지 않고 자려고도 하지 않고
　"머리 위는 아직 아직도 어두워!"
　"거칠거칠 메마른 가시가 있지! "
서로를 격려하며 계속 힘을 모으고 있었다

그리고 마침내 우리들은 단단한 땅을 갈랐다
거기서 우리들은 봤다
진정한 구세주가 번쩍번쩍 불길을 부는 모습을
　"그 상처뿐인 머리를 들어라!"
　"넘어진 동무도 안아서 일으켜라!"
　"빛을 불러! 열을 들이마셔라!"
　"바람이란 놈한테 지지마라!
　저놈의 힘은 이미 뻔하니까!"
　　"봐라! 활활 불빛 같은 저 목소리에
　　남아도는 힘은 이제 없지!"
힘찬 노력을 방해할 것은
아무것도 없다
밝은 지상의 빛과 열 앞에서
미처 도망치지 못한 구시대의 패잔병들이
흐트러진 모습으로 몸부림치며 뒹굴고

서로의 목 줄기를 조르며 숨을 끊어간다

작은 전사

김지봉

당장이라도 무너져 내릴 것 같은
눈구름이 머리 위에 낮게 드리워져있다.
모든 것을 압도하듯이

요란스러운 경적의 교차
이해 할 수 없는 선전문구의 연발

이 대도시의 해조음을 가로질러
금속 빛 목소리가
분명하게
귀 밑에서 소용돌이친다.

타향의 찬바람을 맞으며
굴욕과 억압의 먼지투성이가 되어
꾀죄죄하게 터진 아동복 단추도 귀엽고
'원수폭 실험금지' 서명용지는 한손에
승강구에서 토해낸 북새통을 누비며 나가
동분서주 뛰어 다닌다
종횡무진으로
마치 약동의 덩어리 같다.

솔개와 가난한 남매

권경택

오늘도 굶었다
효일이와 여동생 순자는
어둑어둑한 복도 구석에 서서
우울한 얼굴을 하고
신발장을 차고 있다.
효일이의 오른쪽 발이 뚝 차면
순자의 왼발이 툭하고 찬다.

발견한 것은 효일이다.
대단하다!
저렇게 높은 곳에 말이야
효일이가 동상 입은 손으로 가리켰다.
순자가 위를 쳐다보자
검은 새가 천천히 움직이고 있다.
오빠 저건 솔개네.
응. 솔개야.
한 마리뿐이라 외롭지 않으려나.
외롭지 않을 걸.
저렇게 높이 있으니 조선까지 날 수 있을 거야.
그럼 날 수 있지.

쳐다보는 효일이의 눈이 반짝 빛나고 있다.
지켜보는 순자의 볼이 빨갛다.

거리

홍윤표

멀리서인지
가까이서인지
열렬히 나를 부른다.

벨트는
끝없이 거리를 향해서
출발하고
회전과 소음의 소용돌이가 일어나는
스프링장치처럼
움직임에 뛰어오르는 손발
아무렇게 깎여가는 철

오사카 하늘은
낮게 멈춰 서고
어느 틈엔가
거리 사이사이를 빠져나가서
나는 일본해로
질주하고 있다

찰칵 찰칵

기어가 맞물려서 눈을 맞추는
드릴프레스의 드릴이
수직으로 계속해서
기억에 구멍을 뚫어 간다

끝없이 펼쳐진
바다가 막혀져
암벽을 내려 선
내 귓전에는
근본적으로 모습을 바꾸어가는
조국의 승리의 함성이
닿아온다

엷게
피어오르는 그을음
파랗게 탄 철가루를 움켜지고
분명히
나는 쪼개진 것을
느꼈다

멀리서인지
가까이서인지

저 목소리는
거리를 상기시키고
되돌아온다

　　　　　　　　　1956년 3월

귀화인

홍윤표[7]

무언가 잊어버린 듯이
밤이 점점 깊어간다

기우뚱하니 흔들리는
제사상[8]의 등불을 등지고
남자들이 차가운 술을 마시고 있다

─ 이제부터 어떻게 될까
침묵의 틈을
언제나 그렇듯이 비집고
광대뼈와 사각 턱에서
숨길 수 없는 증거를 느끼며
나는 시선을 돌렸다

아직 오지 않는다

일본인이 될 수 없었던

---

[7] 홍종근으로 개명(원문 주)
[8] 유교에서 온 제사로 매년 망자의 기일에는 제사상을 차려서 밤 12에
  끝내고 제사 음식을 나누어 먹는다.(원문 주)

그의 아내만이
또 다른 대기실에서
축 처진 유방을
끈덕지게
아이의 입에 밀어 넣고 있다

드디어
12시가 가까이 되자
웃으면서
이집 주인이
꺼져 있던 촛대에
불을 붙였다

마치 그것이 신호라도 된 듯이
시치미를 떼고
그가 들어왔다

그 뒤가 기묘했다
망자를 공양하기위해
제사상을 향하는 남자들과 섞이면
그 사실이
거짓말처럼 생각되었다

1956년 4월

곤충과 곤충

성자경

모래와 자갈 코크스[9] 석탄재
6개의 다리가 피스톤이 되어 걸었다.
뚜벅뚜벅 2개의 긴 지팡이로 걷는 것이 맹인의 슬픔

모래와 자갈과 코스크와 석탄재 속에서
미끈하고 반지르르한 아스팔트 도로로 나왔다

갈 수 있지만
가겠지만 미끄럽다. 여기저기 구멍이 있다든지 해서
앗! 아아아 성큼성큼
없어! 없어 없어
눌러도 흔들어도 늘려도
아무것도 아무것도 없어. 손의
지팡이의 눈 끝이……

이쪽도
저쪽도 갔다.
어디에도
모두 앞이 없는 것이다, 앞이.

9) 적결성 석탄을 건류하고 남은 순수한 탄소 덩어리를 일컬음.

내가 있는 여기는 어디지
어디일까. 어디란 말인가.
혹시 혹시 나는……
아아 혹시 나는
그 무서운 송이위에 있는 것은 아닐까.
그러고 보니 발밑이 부드러울 거다
부드럽고 부드러운 발밑이…….
아니 뭐지? 둥지가 아닌가
하나 둘 셋 넷 다섯 전부다 셀 수 없다.

가까이서 보자
으라차차??
??? ???
뭐지 뭐야 이런 떨어진다
떨어져 떨어진다
아아 도 와 줘…….

여기는 지상의 관측소이다.
긴 다리의 귀뚜라미가 우글우글 망원경에 달라붙어있다
  "헤이! 원더플
  멋있지 이번의 수폭은
  봐라 검정도 노랑도

  홱 날렸지 우하하하"

구름 위 신이 가라사대
  "검정도 노랑도 귀뚜라미도
  곤충이란다"

                - 수폭실험을 목전에 두고 -

내가 가장 사랑하는 십대들에게

김화봉

너희들 미성년자들이지?
샹들리에는 일곱 색 무지개를 뿌리고
드럼은 조금씩 떨리고
트럼펫의 여음은 조용하게 흘러……

여기에 들어오는 사람은 모두 미성년자들만 있는 거니!

팔팔한 새끼 은어처럼 뛰어오르는 놈
리듬을 타고 가볍게 수영하는 놈
서로 뺨을 비비며 꼼짝하지 않는 놈

교복은 벗어 주세요.

흐르는 왈츠선율
대리석 원기둥에 비치는 색채
틴에이저의 육체는
도취한 희열에 넋을 잃어

그놈들 조금 건방지네!
이따위 주스를 마실 수 있겠어!

어이 나와 춤추지 않을래?
손끝은 어수선하게 열쇠를 두드리고
피아노는 맘보를 제조 중
이봐요 교복은 벗어줘요!

(글라스 깨지는 소리가 맘보를 찢었다!)

이 새끼!
저 사람 부츠를 신고 춤을 추고 있어
무슨 "목적을 추구하는" 거야
너 따위 싫다고 하면!
성가시단 말이야!!

(의자가 날랐다)
뇌를 강하게 자극하는 트럼펫의 고음
소용돌이치는 체취
드럼은 지네가 되어서
지루박은 바야흐로 클라이막스!

저 사람 아직 학생복을 입고 있네

열기가 식으면

시든 꽃은
이별의 탱고에 쫓겨
무거운 다리를 질질 끌며 간다

한 쌍의 남녀가 봄비 속을 달려간다

카네이션

이혜자

학교에서 돌아오는 길에 탈것 같은 빨강에
매료되어 엉겁결에 사버린
한 송이 카네이션
너무 밤이 깊어서
내일 아침 - 이라고 생각하고
걸레통에 담가두었다

다음날 아침 어머 나의 리베10)는 어디로?
양동이만 덩그러니 외롭게
나는 생각했다

나는 남의 집 이층 살이
아래층 주인은 넝마주이
다섯 명의 자녀가 결혼 후
남겨진 것은 빚 뿐

큰소리로 고함치는 것 외에는 무기가 없는
쉰다는 것을 모르는 할머니
분명 오늘도 어슴새벽에 일어나

---

10) Liebe 독일어로 연인, 애인의 의미.

밥을 짓고 청소를 할 때
거추장스럽다고 내버렸겠지
아침 일찍 가지 않으면 다른 사람이 주워가겠지 하면서
오늘 아침도 허둥지둥
장갑에 몬뻬에 타월 마스크에
가득 채운 보리밥에
남편이 만든 리어카로 삐걱삐걱 나갔겠지
아무도 다니지 않는 어슴새벽 속을

쓰레기통을 뒤지고 다니면서
버린 카네이션 따위는 전혀 모르고

숯가마니 위에 그대로 누워있는
카네이션
주인에게 버려진 카네이션
나는 부여안고
꽉 입을 맞추었다 그리고
가만히 속삭였다
"미안해 너를 빨리 병에 꽂아주지 않았던 것을
그 할머니에게 화내지 마, 잘 알겠지
언젠가 할머니가 저렇게 일하지 않아도
아들이 학교에 갈 수 있고 즐거운 시간이 생기면

반드시 너를 버리지 않고 너에게 웃고

다른 곳에 옮겨주겠지
내가 엄청 좋아하는 카네이션
그 날이 오기 위해서는 오늘도 노력하는 거란다
저 할머니편이 되어서
너는 나의 연인이 되어야 한다"

정오

양정웅

이 이상하리만큼 한 컷의 정적은 도회에서만 보이는 것이다. 모든 기계의 움직임이 멈추고 밥에 물 말아 먹는 소리가 들려온다. 그리고 조화롭지 못한 판잣집과 굵고 높은 굴뚝이 이 순간만은 조화롭다. 이것은 아무리 생각해도 이상하다.

파란색과 하얀색을 동량으로 섞은 하늘에, 여기에 또 너무 아름다운 새때의 행렬이 서쪽을 향해서 날아간다.

그 밑에서 어묵가게 여종업원이 대자로 낮잠에 여념이 없다. 경음악을 열심히 듣는 사람, 담배를 피우는 사람, 신문을 읽는 사람, 모두가 마음을 달래는 한때를 보낸다. 어렴풋한 광선속에서 멍하니 시간을 보낸다.

그렇기는 하지만 그들은 이 순간이 끝나면 다시 일하지 않으면 안 되는 것을 알아차린다. 그리고 이상한 정적에 취해 있던 그들은 현실을 혐오하고 싶은 기분으로 가득 찬다. 그러면 마치 불길한 예고라도 있는 것처럼 꽝꽝하고 그들의 어두운 머릿속으로 사이렌이 울려 퍼지고 동시에 행동을 개시한다.

조선인 소학교에 다니는 아이들에게

안휘자

미유키모리御幸森 조선인 소학교에서
아이들이 놀고 있다
싸우고 있는 아이
공 던지기를 하고 있는 아이
학생 수에 비해 휑하니 넓은 운동장
바지가 찢어진 아이 등 가난한 아이들이 많다
아이들 부모들은 언젠가 또 학교가 접수당하는 것이
두려워서 일본학교로 보내려 한다
조선학교의 아이들은 빈곤한 가정의 아이들과
학급회의에도 출석하는 아저씨 아주머니의 아이들이다
가건물 교실에서 오늘도 국어를 배운다
조선의 노래도 춤도
조선인이다 조선말을 배워간다
선생님 선생님
일본학교로 보내는 아이들의 부모도
무심코 발걸음을 멈춘다
일본학교에 비해서
왠지 살풍경스러운 학교다 그러나 따뜻하다
조선인으로 생각하는 것이 서로를 다니게 하는 것 일게다

일본인학교에 가는 아이들과 선생님에
비해서 단지 교육만이 존재하는 일본아이로서
기미가요君が代를 부르는 아이
조선 조선인으로 훌륭하게 커가는 것일 게다
아이들아

1954년 10월 15일

14호 합평 노트

14호 합평회에서 중심적으로 논의된 문제는 대체적으로 3
가지로 집약할 수 있다.

우선 합평회를 통해서 내가 가장 통감한 것은 작품의 리
얼리티 문제였다. 즉 작품이 독자의 세계를 형성하고 있지
않다. 이미지를 적격한 것으로 노래하지 못하고, 이미지 설
명으로 그치고 있는 것이다. 그 때문에 설정한 사실과 현상
이 살아나지 못한다. 이 원인이 어디에서 생기는가 하면 기
술의 미숙함에도 있지만, 작자 내부에서 충분히 굴절되는
것이 없이 애매한 지점에서 처리되고 있기 때문이다. 예를
들면 박실의「생활기록」을 보면, 상식적인 생각만이 전면
에 나오고, 물건을 사는 여자의 모습이 하나의 현실성으로
는 떠오르지 않는다. 명확하게 주제가 애매한 상태에서 처
리되어 있다. 여기에서는 개념으로밖에 나오지 않는다.「신
천지」「자살자가 있던 아침」「울려라 열 번의 종소리」 등의
작품군도 각각의 차는 있지만 같다고 할 수 있다.

다음으로 중요한 점은 창작방법상에서의 리얼리티의 문제
이다. 이 문제는 권경택의「한낮의 강에서」에서 집중적으
로 나온다. 박력 있는 작품으로 평가되면서도, 그의 리얼리
즘에는 같은 의문부호가 생긴다. 그의 경우 객관성 그것에
해소되어서, 거기에서 새로운 현실을 끌어내는 곳까지 다다
르지 못한다. 작가는 주제의 내부가 아니라 외부에 서있다.
아무튼 창작방법이라는 경우 작가의 사상과 분리해서 생각
될 수 없으며, 쉽게 결론을 내릴 수는 없다. 우리들이 이제
부터 구체적인 창작활동 속에서 깊이 연구해서 가야할 문제
이고, 상호 토의 과정에서 보다 명확한 것으로서 발전해가

야 할 것이다.

 세 번째는 에세이의 문제이다. 에세이도 명확하게 창작과 똑같아야한다. 홍종근이 이정자의 작품에 관해서 썼는데 그것은 비평이라기보다는 설명이라는 쪽이 타당한듯하다. 정말 홍종근이 이정자의 작품에 대해서 말한 것은 합당하고 모두 옳다. 그러나 거기에서는 거의 문제제기가 없다. 그가 지적하고 있는 것처럼 이정자의 작품이 현실에서 출발하고 있음에도 불구하고 현실성을 띠고 있지 못하다는 것은 무엇 때문이고, 또한 앞으로 중점적으로 생각해야만 하는 문제는 무엇인가를 논의해야 할 것이다.

 모든 작품을 다룰 수는 없지만, 매우 추상적인 것이 되어버렸지만 이 합평노트에서 간단하게 다루었던 점은 앞으로도 계속이어서 문제로 다루어야만 한다.

 아무튼 작품에 대한 안목이 확실해진 것은 사실이며 또한 창작상의 방법론이 문제로 되었다는 것은 매우 중요한 것이다. 그러나 작품에 대한 안목이 확실해져서 창작방법이 문제가 되었지만 아직도 체계가 잡힌 논리로 까지는 다다르지 못했다. 앞으로 우리들은 '생각한다'를 그대로 체계를 세워서 '이다'가 될 때 까지, 엄청난 노력을 잊어서는 안 된다. 이미 감각만은 시를 쓸 수 있는 곳까지 와 있다. (정인)

편집후기

　세살을 기준으로 생각해 본다. 인간이라면 한창 응석부릴 나이이다. 어깨너머로 배운 떠듬거리는 말이 어느 틈엔가 자신의 언어로 됐을 때 기상천외한 신조어까지 창조한다. 말하자면 깝죽대며 천자天子인양 하는 일본인양 하는 시기라고나 할까. 하지만 어디까지나 한 사람 몫의 반의반에도 못 미친다.

　이것을 미개동물로 바꿔 생각하면 어떻게 될까? 어찌어찌해서 대단히 빠르게 성장한 모습이다. 짐승이라면 이미 훌륭한 생산능력을 가졌을 것이고, 특히 서러브레드11) 에 버금가서 5·60대 할아버지 할머니세대를 제치고, 30대의 콧수염에 불알까지 옥죄게 한다.

　이러한 세살이 진달래에게 왔다. 누구에게도 위협적이지 않은 뿌리를 땅에 내리고 제법 으스대는 존재이다. 가짜 천자의 국어를 방언으로 섞어서 지껄이고는 기뻐하고, 유력한 경쟁자임을 자부하면서 경기장 밖을 질주하고 있다. '조선 시인집단' 이라는 특이성이 우리들을 응석받이로 만든 것은 아닌가? 차분히 자신을 응시해보자. (김시종)

　시집 『현대』의 협력과 무라이 헤이시치村井平七씨의 에세이 감사합니다. 또한 3주년 기념모금에 협력해주신 분 중에 성함이 빠지신 분이 계시다면 연락주시기를 부탁드리겠습니다. (정인)

ヂンダレ　15号
発　　行　1956年5月15日
発行代表者　鄭　仁
発　行　所　大阪市生野区猪飼野中五の二八
　　　　　大阪朝鮮詩人集団

11) 영국산 경마용 말

雑然としたつるはしにも
こんなところがあつた
のです！

ラム

音楽喫茶

ＴＥＬ しろい
４６５ やぎ（ラム）

名曲喫茶
えるべ
ELBE

心と心が結びあう店
小さい　小さい
おとぎのみせ

生野区猪飼野一条通リ

戀人との待ち合せにどうぞ！

コーヒ通なら
ＫＹ
の味を知つている

珈琲
ＫＹ

城東線鶴橋駅前

ホルモン焼の

片江園

味は良くて
安上り

片江店　生野区片江町四丁目
バス停北

今里店　今里新橋通南詰

저자약력

◆김용안(金容安)
한국외국어대학교 대학원 졸업. 문학박사. 근현대문학 전공.
현, 한양여자대학교 일본어통번역과 교수.

◆ 마경옥(馬京玉)
니쇼각샤대학 대학원 졸업. 문학박사. 일본 근현대문학 전공.
현, 극동대학교 일본어학과 부교수, 한국일본근대문학회장.

◆ 박정이(朴正伊)
고베여자대학 대학원 졸업. 문학박사. 일본 근현대문학 전공.
현, 부산외국어대학교 만오교양대학 조교수.

◆ 손지연(孫知延)
나고야대학 대학원 졸업. 학술박사. 일본 근현대문학 전공.
현, 경희대학교 후마니타스칼리지 객원교수.

◆ 심수경(沈秀卿)
도쿄도립대학 대학원 졸업. 문학박사. 일본 근현대문학 전공.
현, 서일대학교 비즈니스일본어과 조교수.

◆ 유미선(劉美善)
동국대학교 대학원 졸업. 문학박사. 일본 근현대문학 전공.
현, 극동대학교 강사.

◈ 이승진(李丞鎭)

오사카대학 대학원 졸업. 문학박사. 비교문학 전공.
현, 동국대학교 일본학연구소 연구원.

◈ 한해윤(韓諧昀)

도호쿠대학 대학원 졸업. 문학박사. 일본 근현대문학 전공
현, 성신여자대학교 강사.

◈ 가네코 루리코(金子るり子)

전남대학교 대학원 졸업. 문학박사. 일본어교육, 한일비교언어
문화 전공.
현, 극동대학교 일본어학과 조교수.

◆ 번역담당호수

김용안 : 4호, 11호, 17호
마경옥 : 1호, 15호, 가리온3호 후반
박정이 : 2호, 9호, 20호
손지연 : 7호, 14호(전반), 가리온(전반)
심수경 : 8호, 14호(후반), 16호
유미선 : 3호, 10호, 18호
이승진 : 5호, 12호, 19호
한해윤 : 6호, 13호, 가리온1,2,3호 8페이지 까지
가네코루리코(金子るり子): 일본어 자문

(재일에스닉잡지연구회 번역총서)

진달래 3

초판 인쇄 ㅣ 2016년 5월 16일
초판 발행 ㅣ 2016년 5월 16일

저(역)자 ㅣ 재일에스닉잡지연구회
발 행 인 ㅣ 윤석산
발 행 처 ㅣ (도)지식과교양

등 록 ㅣ 제2010-19호
주 소 ㅣ 서울시 도봉구 쌍문1동 423-43 백상102호
전 화 ㅣ (대표)02-996-0041 / (편집부)02-900-4520
팩 스 ㅣ 02-996-0043
전자우편 ㅣ kncbook@hanmail.net

    ISBN 978-89-6764-051-4 94830   정가 23,000원
    ISBN 978-89-6764-048-4 94830 (전5권세트)